ハーレクイン文庫

秘密のまま別れて

リン・グレアム

森島小百合 訳

HARLEQUIN
BUNKO

THE SECRETS SHE CARRIED

by Lynne Graham

Published by Harlequin Japan, a Division of K.K. HarperCollins Japan, 2024

秘密のまま別れて

◆主要登場人物

エリン・ターナー……………ホテルのスパの支配人。
デイドラ・ターナー…………エリンの母。
ヌアラとローカン……………エリンの双子の子どもたち。
サム・モートン………………エリンの勤めるホテルのオーナー。
サリー・ジェニングス………エリンの元部下。
トム・ハーコート……………エリンの大学時代の友人。
クリストフ・ドナキス………ホテル・グループの経営者。愛称クリスト。
ヴァソス・デネス……………クリストの養父。
アポロニア・デネス…………クリストの養母。
リサンドラ……………………クリストの元妻。

1

高級ホテル・グループを経営するクリストフ・ドナキスは、買収しようとしていた〈スタンウィック・ホール・ホテル・グループ〉のファイルを開いて、思いもよらない衝撃を受けた。

親しい者たちからはクリストと呼ばれる彼は、めったなことでショックを受けたりしない。三十歳のギリシア人企業家にして、巨万の富を持ち、多くの不正行為の標的になってきたからだ。それだけに、とくに女性にはなんの期待もせず、冷ややかな目で見てきた。彼は五歳で孤児になり、里親、みずからの離婚など、大きな人生の挫折をいくつも乗り越えてきた。養父母のことは、ものの考えかたは違っているが愛していた。離婚については、よかれと思って踏み切った結婚だったため、いまだにわだかまりがある。だが、いまはそんなことは問題ではなかった。デスクに向かっていたクリストは勢いよく立ちあがり、スタンウィック社の幹部の写真を明るいところでよく見ようと、ファイルを手に窓辺へ行った。見知った顔にはっとさせられたのだ。過去から現れた顔……。

エリン・ターナーだ。磨きあげた銀のように輝く淡い色あいの髪とアメジスト色の瞳を持つ、小柄でセクシーな女性。すぐにクリストの端整な顔が不機嫌にゆがんだ。エリンは彼のなかで独自の位置を占めていた。彼を裏切ったただひとりの女性。最後に会ったのは三年前だというのに、いまだにいらだたしい記憶として心に残っていた。クリストは知的な鋭いまなざしで、スタンウィック・ホールの初老のオーナー、サム・モートンと並んでほほ笑む、かつての恋人の写真を見つめた。黒いビジネススーツを身につけ、ひときわ目を引く髪を髪留めでまとめたエリンは、クリストが知っていたカジュアルな服装の若い女性とはまったく違って見えた。

クリストの長身の力強い体が急にこわばり、夜のような濃い褐色の瞳に炎が燃えた。シルクとサテンに包まれたエリンのしなやかな体を思い出したとたん、こうだ。さらに、輝くばかりのなめらかな体のすばらしい感触がまざまざとよみがえる。鼻の下に汗がにじみ、クリストはゆっくり深呼吸をして、反射的な下腹部の反応を抑えようとした。残念ながら、ほかにエリンのような女性には出会っていない。あのあとすぐ結婚し、そしてふたたび独身の自由を謳歌《おうか》できるようになったのは、ほんの数カ月前のことだ。

クリストの欲求に同じように応え、ときには彼の強力な欲望をしのぐ女性など、めったに見つからないことはわかっていた。そんな渇望を持っていたからこそ、エリンはぼくを裏切り、ほかの男をベッドに引き入れたのかもしれない、とクリストはあらためて思い出した。彼が仕事依存症だったことは弁解の余地もなかった。認めたくはないが、彼女を残して何週間も海外出張で家をあけたために、惨めな結果を招き、二人の関係は終わりを告げたのかもしれない。もちろん、エリンは出張にいっしょに行くと言ってはいたが、その機会はなかった。当時の彼は、彼女がロンドンに残りたがったことに不埒《ふらち》な理由があったとは、想像もしなかった。

クリストはサム・モートンをじっと見た。手の位置や表情をよく見れば、優に六十歳を越えたこのヘルス・スパの経営者が、小柄で洗練された女性支配人の保護者気取りでいるのは明らかだった。誇らしげな笑みと、我が物顔で腰を抱いている腕から、モートンの気持ちは手に取るようにわかる。クリストはギリシア語で悪態をつき、写真を隅から隅まで眺めたが、やましくない理由など少しも見あたらなかった。つまり、またしてもエリンはボスと寝ているのだ！　いまも彼女がずるがしこく女の武器を最大限に利用しているとわかってよかったのかもしれないが、彼女が楽しげに同じ悪巧みを続け、利益を得ていると知って満足を覚えるはずもなかった。彼女はやはりモートンからも盗みを働くのだろうか。

クリストは自分に背いたエリンを捨てた。だが、いくら相手を罰しようが、信じがたいほどの苦痛がやわらぐことはなく、彼女に食い物にされていたと思うと恨みが増すばかりだった。エリンを信頼していた。彼女ならふさわしい妻になるのではないかと考えたことさえあった。だが、あのとき、部屋へ行き、自分が彼女といっしょに寝ようと思っていたベッドに男がいるのを見たときの衝撃、飲みかけのワイングラス、薄汚い行為を物語る脱ぎ散らされた服を目にしたあのときの衝撃は、あまりにも大きかった。それからぼくがしたことは……。

引き締まった力強い顔をこわばらせ、不本意ながらクリストは自分の最大の過ちを思い出した。エリンにだまされていたと知り、彼は断固として借りは返してもらうと決意した。だが、あの事件から受けた影響は長びき、そのせいで間違った行動をとってしまった。ミスなどほとんど犯さないクリストにとって屈辱的な事実だった。あとになって考えれば理由のないことではないが、重大な失敗を犯し、その結果、親しい人々を苦しませた自分を彼は許せなかった。

整った口元を引き結び、クリストは写真をまじまじと見つめた。いまもあでやかなエリンは、自信たっぷりに、自分の懐を肥やす計略を巡らしているに違いない。気の毒に、隣に立つ老人は、彼女を信頼しきって、彼女の華奢《きゃしゃ》な足が踏む地面さえ崇《あが》めているのだろう。だがクリストには、その足元の地面を揺るがす力がある。エリンがクリストの恋人になったふりをして奔放な日々を楽しんだことや、彼女の正体がどこにでもいる卑劣な泥棒であることを、保守的で道徳に厳しいと評判のサム・モートンが知っているとは思えない。

クリストの場合、爆弾が炸裂《さくれつ》したのは、エリンとの関係が終わったほんの数週間後のことだった。会計報告で、彼がエリンに任せていたスパの帳簿に矛盾があるとわかったのだ。

高額の商品がなくなっていた。明細記入請求書は改竄《かいざん》され、架空の契約社員がありもしない仕事の報酬を受けていた。それらの書類を扱えるのはエリンだけだった。また、長年勤めて信頼できる社員が、エリンが倉庫から商品の箱を運びだしている姿を目撃していた。クリストが雇ったその日から、エリンはスパから多額の金をだましとっていた。なぜ彼女を訴えなかったのだろう？　自尊心から、泥棒とベッドをともにし、事業の責任ある立場に据えたことを、世間に知られたくなかったからだ。

ずるがしこいエリンはミスを犯さなかった。モートンも、虫も殺さぬ顔をしたあの支配人が彼を身ぐるみはごうと巧みにゲームを仕掛けているとは、気づいていないだろう。クリストの誕生日に、エリンがコートの下に何もつけずに空港で彼を出迎え、リムジンに乗ったとたん、そのコートさえ脱ぎ去ったことがあったなどとは、知るよしもないだろう。性的なクライマックスを迎えた彼女は、あのときと同様に、モートンの腕のなかで彼の名を叫ぶのだろうか？　ビジネス情報に集中しようとしているときに、セクシーな女性にしかできないやりかたで誘惑するのだろうか？　男とはどういうものかをクリストから学んだのだから、きっとそうしているに違いない。

あの時期の記憶がこうも強烈に心に残っていることに驚き、クリストはウイスキーをグラスについだ。彼の明敏な頭はすぐに怒りを静めた。クリストの墓碑には〝怒るな、報復せよ〟と刻まれるかもしれない。彼は人生に役立たないもので時間を無駄にするつもりはなかった。エリンがいまだに才覚と体を使ってキャリアと富を得ようとしていることなど、何も目新しい情報ではない。お人好《ひとよ》しのサム・モートンは虎を捕まえたことに気づいていない。だが、なぜぼくは、こんなことをあれこれ推察しているのだろう？　たいていの男は、望むだけセックスができるなら、それだけで満足するものだ。

われながらあきれたことに、自分もそんな大多数の男と変わらない行動をとるだろうとクリストは思った。もう一度、喜んであの立場に身を置くだろう。あのころの性的な挑戦のことを考えると、アドレナリンがあふれてくる。エリンはあの老人を破滅させるに違いない。彼女はあまりにも狡猾《こうかつ》で、普通の男の手に負えない。クリストはファイルの報告書を読み、エリンの雇用主は裕福な男やもめだと知った。どう考えても、エリンは二人目のミセス・モートンの座を射止めることに照準を合わせているとしか思えない。そうでなければ、ささやかな給料をもらってモートンに取り入るはずがない。そしてきっと、誘惑に抗《あらが》えず、サム・モートンのスパの金も使いこむに決まっている。

正義感からクリストは、エリンの旺盛な生存本能や、果てしないずるがしこさが腹立たしくてならなかった。あんな計略を巡らす冷淡な女が、ぼくたちのつきあいが終わったあとで心を入れ替えると思っていたのか？　それほどぼくはお人好しだったのか？　なんとも気に入らないが、あれ以来ベッドをともにした女性は、エリンと比べると誰もがものたりないと感じたのは事実だ。不愉快だが、エリンを体から追いはらうことができないようだ。彼女の悪影響から解放されたと思っていても、まるで置いてはいけない荷物のように、いっしょに旅をしている気分だった。そろそろ余分な荷物をしまいこみ、前に進むころあいだ。最後に羽目をはずして、心のなかから彼女を追いはらおう。これほどうまい手はほかにないだろう。

クリストは、エリンがどんな人間かよくわかっていた。それに、記憶は嘘《うそ》をつくものだということも知っている。思い出では彼女の姿は美しく飾られ、磨きたてられるが、現実の強烈な光で照らせば、めっきははがれる。幻想を破らなければならないのだ。現実の彼女を見れば、もっとも効果的な形で、望ましい結果が得られるだろう。クリストは、折あしく彼と再会してうろたえるエリンを想像し、整った口元に非情な笑みを浮かべた。

〝飛ぶ前によく見なさい〟リスクを避ける養母が、反抗的で冒険心旺盛な幼いころのクリストに口を酸っぱくして言っていた言葉だ。養母には未知なるものに飛びこむおもしろさが理解できなかった。里親はクリストの激しい性格を抑えこもうと、あらゆる手を尽くしたが、熱くたぎるドナキス家の血はいまもクリストの体のなかを流れつづけている。彼は息子を育てる前に亡くなった実の両親から、ほとばしる情熱を受け継いでいた。

知らないうちに体が興奮し、全身に力があふれてきた。クリストは結果がどうなるかなど考えもせず、受話器を取り、企業買収チームの幹部に、スタンウィック・ホール・ホテル・グループのオーナーとの交渉は今後自分が引き受ける、と告げた。

「おや、どうしたんだい？」いつになくおとなしくなったエリンに面食らって、サムが尋ねた。「きみに必要な新しい車だ。ほら、ごらん！」

エリンはなおもぽかんと口を開けて、ガレージの前に停《と》まっている最高級の銀色のBMWを見つめていた。「すてきな車だけど――」

「何も言わなくていい！」予期していた反論を抑えこもうとするように、サムがもどかしげにさえぎった。サムは身長百五十八センチのエリンよりわずかに背が高く、ふさふさした白髪、日焼けした顔、活気あふれる輝く青い目をした細身の男性だった。「きみはこのスタンウィックで重要な仕事をしている。立場にふさわしい車が必要だ――」

「でも、こんな高級車ではないわ」エリンはぼそぼそと抗議した。どう見ても年収の数年分はする車を運転していたら、同僚にどう思われるか。「ちょっといきすぎよ」

「いちばん大切な従業員のためのすばらしい車さ」サムはとりあわず、にこやかに言った。「ビジネスではイメージが大切で、安い車では格好がつかないと教えてくれたのは、きみじゃないか」

「とにかく受けとれません、サム」困りきってエリンは言い張った。

「きみに選択権はないんだよ」サムは上機嫌できっぱり言い、渋るエリンの手に車のキーを押しつけた。「古いフォード・フィエスタとはお別れだ。きみは、ありがとう、サム、と言ってくれればいいんだ」

エリンは顔をしかめてキーを見おろした。「ありがとう、サム。でもこんなことまで――」

「きみにはいくら感謝してもしつくせない。きみが仕事を引き受けてくれてからのスパの貸借対照表《バランスシート》を見てごらん。雇っているあの陰気くさい会計士でさえ、わたしがすごい金儲《かねもう》けをしていると言っている。きみはこの車の十倍もの価値がある。だから、この話はこれで終わりにしよう」

「サム……」ため息をつくエリンを尻目に、サムは彼女の手からキーを取ってＢＭＷに近づき、おおげさな身ぶりでロックを解除した。

「ほら」サムがうながす。「わたしを隣に乗せて試乗してごらん。午後の重要な打ち合わせまで、少し時間をつぶさないといけないからね」

「重要な打ち合わせって？」エリンは車をバックさせ、アーチ屋根のついたエントランスから中庭へゆっくり移動させて、整然とした庭を走りだした。

「引退の前に、もうひとがんばりしてみようかと思ってね」エリンのボスが悲しげに言った。

エリンはもどかしさに、ため息をつきそうになった。サム・モートンはつねづね、自分が経営する三軒のカントリーハウス・ホテルを売却すると言っている。でも、ときどき漠然とそう考えるだけで、実現しそうにないとエリンは思っていた。サムは六十二歳だが、いまも長時間働いている。成長しつづけるホテル・グループはサムの命であり、彼は力と時間のすべてを捧《ささ》げている。

三十分後、エリンはゴルフ・クラブで昼食をとるサムを降ろし、仕事に戻るからと言って彼の誘いをやんわり断った。それからスタンウィック・ホールへ戻り、四十代の黒髪でおしゃれなサムの秘書、ジャニスのオフィスに入った。

「あの車、もう見た？」エリンは照れくささから、顔をしかめてジャニスに尋ねた。

「ショールームへ行くサムに同行したのは、このわたしよ。わたしをほめるべきじゃない？」ジャニスがからかった。

「サムにあんな高級車を買うのをやめさせようとはしなかったの？」エリンは驚いて尋ねた。

「いまのサムは直前の四半期の利益に大喜びで、派手にお金を使いたがっているの。その口実に、あなたに新車を買ったのよ。わたしだったら無駄な言い争いはしないわ。サムがこうと決めたら変えられないもの。あなたがスパを立て直して以来、新規顧客が増えたことへのボーナスだと考えればいいわ。それに、気づいているでしょうけど、サムはこのところ誰にも止められないのよ」

エリンはジャニスのデスクの横で立ち止まった。「どういうこと？」

「気まぐれになっていて、まったく落ち着きがないの。本気で引退するつもりで売却を考えているんじゃないかと思ってしまう。サムにとって、実行に移すのはかなり大変なことだけど」

これまでの経験から、すべてを売りはらうというサムの口癖をまともにとってはいけないと悟っていたので、エリンは驚いた。彼女がスタンウィック・ホールで働きだしてから二年のあいだに、買い手の候補が何人も現れては消えていった。サムは前向きに売却の可能性について話しあうが、それ以上話を進めることはなかった。「本当にそう思う？　来月のいまごろ、わたしたちの半数は失業手当を求めて列に並んでいるってこと？」

「それなら心配ないわ。所有者が変わっても従業員の雇用は法で守られるのよ。サムが調べていたからわたしも知っているの」ジャニスはエリンに言った。「サムがそこまで手順を進めたのは初めてよ」

ダークブラウンのパンツスーツをまとった華奢なエリンは、銀色がかった金髪を日光にきらめかせ、安堵《あんど》と驚きの念をいだいて、窓辺の椅子に座りこんだ。彼女は経験から、確実なことは何もないと学んでいた。「サムが今度こそ本気で売却を考えているのかどうか、わたしにはわからないわ」

「六十歳の誕生日が精神的なショックになったのよ。人生の転機だと言っていたわ。健康な体と富はあるから、あとはそれを楽しむ暇が欲しいと」ジャニスは淡々と言った。「サムの立場はよくわかるわ。覚えているかぎり、彼の人生はここを中心にまわっていたんだもの」

「ときどきゴルフを楽しむ以外、ほかにすることはないのよね」気の毒だがそうなのだ。

「気をつけて、エリン。サムはあなたを気に入っているわ」ジャニスは、エリンがどんな反応を見せるか観察していた。「娘のように感じているんじゃないかと思っていたけれど、近ごろ、そんなご清潔な興味なのかどうか疑問に感じてきたわ」

エリンは尊敬する女性からのあけすけな意見に当惑した。じっと見つめ返しているうちに、弱々しい笑いがこみあげてきた。「ジャニス……サムがわたしに言い寄るなんて、想像もできないわ」

「ねえ」黒髪の秘書はもどかしげに言った。「あなたはきれいだわ。美しい女性が、男性に純粋にプラトニックな気持ちをいだかせることはまずないのよ。あなたは寂しい気持ちのサムの話をよく聞いてあげてるし、一生懸命働いている。サムは人生を立て直したあなたに感服している。それがさらに個人的な興味に発展しないとは言えないでしょう？」

「サムがわたしにそんな興味を持つなんて、どこから思いついたの？」エリンはそっけなく言った。

「あなたを見る目よ。それに、何かと理由をつけてあなたと話しに行くわ。この前あなたが休みを取ったときは、サムはどうしていいかわからないみたいだった」

　エリンは、普段は世慣れたジャニスの意見に一目置いていたが、このことに関しては間違っているとしか思えなかった。サムのことならよくわかっている。何か不適切なそぶりがあれば気づくはずだ。ボスの気持ちを思うと悔しくなった。保守的で厳格なサムは、従業員のあいだにそんな噂《うわさ》があるのをいやがるだろう。サムに言い寄られたことなどない。信頼を置く、大切に思う従業員への態度からはずれるような様子は、少しも見せたことはなかった。

「それは違うと思うわ。ほかの人もわたしたちのことで同じ疑いを持たなければいいのだけど」

「あの車が噂の種になるわ」ジャニスが顔をしかめた。「みんな、年を取った愚か者ほど愚かな者はいない、と言うでしょうね」

　エリンの顔が紅潮した。ふいにこの不快な会話を終わりにしたくなった。エリンはサム・モートンが大好きになっていたのだ。努力をして成功した、信念のある人だと尊敬していた。男としての欲求を持つ、普通の人として語られるのを聞くことさえいたたまれない。誰からも相手にされずにいたときに、サムは働く機会を与えてくれただけでなく、励まし、昇進させてくれた。仕事や生活していけるだけの給料、そして将来への夢を与えてくれたサムには感謝の気持ちしかなかった。サムがすべてを売却して、新たな雇主が来たらどうなるのだろう。すぐに入れ替えるわけではないとしても、きっと自分のスタッフを使いたがるだろう。いまのような自由はきかなくなるに違いない。そう気づいてはっとした。エリンは家庭を守っていかなければならないのだ。失業すると思うと肌が汗ばみ、不安に襲われて胃がきつく締めつけられる。

「出かけなくては。オーエンが午後からエステティシャンの面接をしているの」エリンは悲しげに言った。「待たせるわけにはいかないわ」

エリンは数キロ先のブラックス・インへ向かった。サムが所有するなかではもっとも規模の小さいジョージ王朝様式の優雅なホテルで、特注のスパが新設されたばかりだった。

彼女はBMWを走らせながら、ここ数カ月でいくら貯金できたか考えた。予定より少なく、残念ながら、失業しても生活費をまかなえるだけの額は貯《た》まっていない。エリンは双子の息子と娘、ローカンとヌアラが新生児のころ、生活保護で苦労してやりくりしたことが忘れられなかった。かつてはエリンの成功を誇りにしていた母も、輝かしい未来をぶちこわしにした娘にあきれていた。エリンは自分が落伍者《らくごしゃ》のように感じ、結局、すべてがうまくいかなくなった。人もうらやむようなすばらしい仕事と理想の男性を手に入れたが、そんな完璧な組み合わせを望むとは、欲が深すぎたのかもしれない。ふさわしくない男性に夢中になり、彼の生活に合わせようとして自分の生活をかえりみなかった。それまで学んできたことを何もかも忘れ、将来の希望を先延ばしにして、夢の恋人を追いかけたのだ。

それ以来、エリンは自分の過ちを悔いてきた。双子にものを買いあたえる余裕もなく、若くしてシングルマザーになったことで母親から愚痴を聞かされ、黙って耐えるときも、自分を責めるしかなかった。自分の愚かさ、見通しの甘さに弁解の余地はなかった。

エリンは貧しい家庭に育った。父は繰り返しあれこれと途方もないお金儲けの話をしていたが、いっこうに財産は得られなかった。それどころか、使えるはずもないお金がとんでもない計画のために使われることも多く、一家は借金を抱えることになった。エリンは十歳にもなると、充分な教育を受けていない母が支払いのために将来性のない職を転々としているのを見て、父はお金儲けの方法をあれこれ考えるけれど、それを実現させる労働意欲がないただの夢想家だと悟った。自分が星のごとく輝くために生まれてきたとなんの根拠もなく信じていたために、父は当たり前の仕事さえ探さずにいた。無職の父は、働いて他人の財産を増やすのは〝割に合わない〟と言っていた。

エリンが十二歳のとき、父は列車事故で亡くなり、以来、起伏の激しかった生活は安定した。

つまりエリンは、幼いころから、いかに自制が大切かを学び、男性が面倒を見てくれると考えるのは危険だと学んでいた。だから勉学に励み、がり勉と言われようと、母からすぐに働いて稼いでほしいと言われようと、耳を貸さずに大学に入った。男性は、彼女が慎重すぎるあまり、関係を深めたり相手の望みに合わせたりできなかったために、去っていった。エリンはひたすら将来性のあるキャリアを築くことを目指し、優秀な成績で経営学科を卒業した。学費は、空き時間に個人のトレーニングをコーチする専属トレーナーをして稼いだ。おかげで、実用的な技術、とくにサービス業で人を満足させる方法を習得できた。

その日午後遅く、エリンがブラックス・インから戻ると、スタンウィックの受付係から、サムが至急来てほしいと言っていると告げられた。午後の面接のあと、携帯電話の電源を入れ忘れていたのは失敗だったと思いながら、エリンはボスのオフィスのドアをノックし、堅苦しいことを嫌うサムに言われているとおり、すぐに部屋に入った。

「ああ、エリン、やっと来たね。午後ずっとどこへ行っていたんだね？　会ってもらいたい人がいるんだ」かすかにいらだちを見せてサムは言った。

「すみません。ブラックス・インでオーエンと面接をすると伝えるのを忘れていました」笑顔で謝っていると、窓辺で人の動く気配に気づき、エリンの意識はそちらへ動いた。その方向へ顔を向けて歩いていくと、背が高く力強い男性の姿が視界に入った。とたんに、まるでガラスの壁に囲まれたように、エリンは周囲から孤立してはっと動きを止めた。

「ミス・ターナー？」かすかに外国語訛《なまり》のある、知的でものうげな声が聞こえた。「お会いできるのを楽しみにしていた。ボスがきみを称賛していたよ」

エリンは、いきなり部屋に雷鳴がとどろいたように身をすくめた。その低く響く声を聞いたとたん、闘うべきか逃げるべきか葛藤する心の反応を、やっとの思いで抑えなければならなかった。たとえ大勢の人がいるパーティでも、かつて耳にしたあの有無を言わさぬ独特なイントネーションは聞き分けることができる。声もその声の主も、エリンは忘れることができなかった。

「こちらは――」サムが言いかけた。

「クリストフ・ドナキス」クリストが、まるで初対面のように褐色の手を差しだした。

エリンは唖然《あぜん》として、その堕天使のような顔を見つめるだけだった。信じられない。短く刈りこんでも収まらない細かくカールした髪、黒々とした眉、その下にある、ときには夕日のような金色を帯びる、深みのある褐色の目。そして高い頬骨。美しく整った顔立ちに、それだけでは足りないというように、口元は誘いかけるような男らしい官能をたたえていた。最後に会ってから月日は流れたけれど、引き締まった容貌に変化はなかった。一瞬、昔に戻ったような気がした。彼はいまだにはっとするほどすばらしかった。エリンの体の下のほうで、長らく感覚のなかった奥深い部分がきゅっと収縮する。驚いた彼女は、細い腿をぴったりと合わせた。

「ミスター・ドナキス」エリンは無表情を保ち、サムの疑念をかきたてるような反応は見せまいとして顔を上げ、少しだけ彼の手に触れた。サムの重要な打ち合わせの相手はクリストだったの？　エリンは愕然《がくぜん》としながらも、感情を表に出さないよう努めていたが、心の奥底から起こった震えは膝をふらつかせ、そこからしだいに広がっていった。思い出したくない過去の自分とクリストのイメージがエリンを攻めたてた。水泳の競争でエリンを負かし、勝ち誇った笑いを浮かべて拳を突きだしたクリスト。エリンの具合が悪かったとき、ベッドに朝食を運んできて、一粒ずつ葡萄《ぶどう》を食べさせてくれたクリスト。そのたびに褐色の長い指に唇を撫《な》でられ、彼に触れられて感じずにいられる部分は体のどこにもないと実感したあのとき。夜に昼に、ともに愛の行為にふけったクリスト。クリストから多くのことを教わった。あまりの痛みに、彼を見ることさえ耐えがたかった。

「クリストと呼んでくれ。堅苦しいことは嫌いなんだ」冷ややかなクリストの言葉に、周囲の空気さえ凍ったように思えた。

突然エリンは、こちらを見てもなんの驚きも見せない彼に腹が立った。彼を追いはらえる力があればいいのに。どうやらクリストは、エリンがサムのところで働いていることを前もって知っていたのに、過去の二人の関係を公表するつもりはないようだ。エリンとしても望むところだった。

〝クリスト・ドナキスの元恋人のひとりだったんですって〟

〝まあ、びっくり〟

〝彼は靴下を替えるみたいに女性を取り替えるんでしょう?〟

〝いやだ、そうなの?〟

ほかのスタッフは私生活をあけすけにしているが、エリンは内緒にしたがり、みんなと打ち解けないと思われている。それだけに、クリストとの過去が暴露されたら湧き起こるかもしれない冷笑やひやかしの声が、エリンは頭のなかで聞こえるようだった。サムのホテルの買収先が、クリストなの？

彼は各国にホテルとレジャー施設を所有する巨大企業の経営者だ。

「エリン……クリストを連れて、ここやほかのスパの施設を案内してさしあげてくれ。とくにスパに興味があるそうだから」穏やかな声でサムが言った。「最新のデータを見てもらいなさい。重要な事項に関して、この女性はパソコン並みの頭脳を持っているんでね」

エリンはほめられて頬を染めた。

「美貌と頭脳――たいしたものだ」微笑を浮かべるクリストを見て、なぜかエリンはぞっとした。

「あなたはドナキス・グループの代表ですよね」エリンはこわばった声で言い、ショックでぼんやりした心を奮い立たせようとした。クリストが興味を持っているこの物件は、比較的小規模な三軒のホテルであり、最高級を誇るドナキス・ホテルの豪華さとは比べものにならないと指摘するつもりだった。「都会のホテルがご専門かと思っていましたわ」

「うちの顧客は郊外での休暇も楽しむ。いかなる事業にも新展開の余地があるものなんだよ。ニーズに合った満足のいくものを提供すれば、顧客はライバル企業を利用せずにすむ」

「美容業界は前途有望なんです。かつては特別な機会での特別な楽しみでしたが、いまや多くの女性ばかりか、男性にとっても必要なものになっています」そう言うエリンを、そのとおりだと言いたげにサムが見つめていた。

「それは初耳だ。ぼくはこれまでスパを利用したことはない」クリストがきっぱりと言いきった。

「爪を磨いて、眉を立派に整えていらっしゃるのに？」エリンの言葉にサムが驚いている。客のプライベートな身づくろいにまで踏みこみすぎている、と。

「観察が鋭いね」クリストが愛想よく言った。

「仕事柄ですわ。お客さまの三分の一が男性ですから」エリンは如才なく答えた。

2

エリンはクリストを、スパに隣接するフィットネス施設に案内した。

「サムのホテルは買いとれないわよ」エリンは食いしばった歯のあいだから絞りだすように小声で言った。「またあなたと働く気はないわ」

「きみを雇うつもりはない」クリストがすげなく答えた。

どういうことになるか、よくわかる。クリストに買収されれば、法律が許す段階になったとたん、エリンは冷遇されるというわけだ。失業すると考えるとぞっとしたが、体がほてり、まともに考えられなかったので、かえってありがたかった。クリストについてはどうだろう？　つねにあの油断のならない力の影響を受けるの？　チャコールグレーのピンストライプのスーツに包まれたクリストの引き締まった力強い体は、はっとするほどすばらしく、そのセクシーで強烈な魅力はどうしても無視できなかった。つややかな浅黒い肌で、整った容姿のクリストは、ギリシアの神のようだった。できるだけ目に感情を表さずに彼を見たが、すでに湧き起こったざわめきは、エリンの腕や脚まで、まるで毒のように広がっていた。エリンはそのざわめきが何か理解し、そら恐ろしくなった。それは体の奥底から燃えあがってきた、息をも奪うような興奮の炎だった。

「ここにスポーツ・ジムがあるとは思わなかった」クリストはずらりと並ぶマシンで汗を流す人たちを眺めやり、次にガラスの仕切りの向こうでウエイト・トレーニングをする男性たちに目を移した。彼が視線を戻すと、エリンが白い歯に口紅がついていないか確かめるように、口のなかで舌先を動かしていた。ふっくらした情熱的な唇が必要以上になまめかしくならないように、淡いパールのグロスをつけているだけなのだが、クリストは考えないように努めなくてはならなかった。あの唇が彼の唇に……。やめろ、と彼は冷静な知性を働かせてみずからに言い聞かせ、集中力を妨げる刺激を押しやった。

「エクササイズ・ルームはスパにふさわしいわ。ここに来てトレーニングをしたり、レッスンを受けたり、マッサージやエステを受けたりして、気分が爽快になって満足して帰るのよ」エリンはしゃべりながらスパの施設に入り、自由に評価を下してくれとばかりに器具を見せた。「最近では暇な時間のない人が多いわ。適切な場所ですべてまとめて提供すれば、合理的でしょう」

「そのすばらしい金儲《かねもう》けのアイディアの報酬として、きみはどれだけの利益を吸いあげているんだ？」クリストは何食わぬ顔で尋ねた。

エリンが眉根を寄せ、アメジスト色の目にちらりと当惑が見えた。「事業拡大の手数料はもらっていないけれど」あいまいに彼女は答えた。

「わかっているだろう。そういう意味ではない。施設は充分に見せてもらった。ブラックス・インへ行き、ディナーの前に最後の場所まで見学をすませてしまおう」尊大にクリストは言った。

彼はホテルの正面に出て、自慢の愛車である銀のスポーツカー、ブガッティ・ヴェイロンに近寄った。エリンがしきりに頭を巡らせ、彼の言葉の真意を探ろうとしながらゆっくりついてくる。「自分の車で行くわ」エリンはBMWに近づいた。「そうすれば、送ってもらわずに家に帰れるでしょう」

クリストは豊かなまつげに縁どられた目を光らせて振り返るなり、エリンの車が高級車だとすばやく見てとり、嘲笑を浮かべた。どうやってあんな車を手に入れたのだろう。

「いや、ぼくが送ろう。仕事の案件を話しあわなければならないから」

エリンはクリストと話しあいたいことなどなく、母と二人で暮らす家の近くまで来てほしくなかった。でも、サムの右腕として働くからには、クリストのご機嫌をとることが最優先だ。堕天使さながらのクリストが、黒い煙とともに消えてくれればいいのに。でも、きちんと仕事をしなかったせいで、サムに大きな損を負わせるわけにはいかない。彼はわたしを信頼してくれ、わたしは大きな恩を感じている。クリストを恐れるあまり、自分の都合で彼を追いはらったら、サムの目をまともに見られなくなってしまう。それに、この決意に満ちたクリストを追いはらうことなどできる？　公平な目で見れば、サムのホテルは繁盛しており、優良な投資物件だ。エリンはブラックス・インの支配人オーエンに、そちらへ行くと携帯電話で連絡した。

エリンはしぶしぶ、クリストのおもちゃのようなスポーツカーに乗りこんだ。彼女はクリストとモーターショーへ行ったときのことを思い出さないように努めた。最新の高級車を飾る美しいモデルたちは、クリストが近づくとよだれを流さんばかりだった。女性はかならず決まってクリストに関心を持つ。百九十三センチのがっしりした体つき、ダイヤモンドのように輝く強烈な褐色の目に魅了されるのだ。

クリストは視界の端で、エリンの膝の上で握りしめられた両手を見た。彼女が緊張状態にあるとすぐにわかった。動揺すると決まって、黙って集中して心を落ち着かせ、冷静を保とうとする。エリンはなんと小柄なのだろう。男性の保護を必要とする、百五十八センチのか弱い美女。ホルモンに駆りたてられた男性にアピールするように計算されているのだ。

クリストは口元に嘲笑を浮かべ、アクセルを踏んだ。エリンは自分で自分の面倒が見られる女性だ。かつて彼は、電話をしてもつねに二つ返事で飛んでくるわけではない彼女の独立心を好ましく思っていた。男性はたいていそうだが、クリストも、まつわりつかれるより攻め落としがいのあるものが好きだった。だが、エリンがどれほど狡猾《こうかつ》か忘れるつもりはなかった。

黙っていたかったのに、エリンはつい口を開いてしまった。「さっきあなたは〝利益を吸いあげる〟と言ったけれど、あてこすりは気に入らないわ」

「そうだろうね」クリストが、喉の奥を震わせるようなものうげな声で軽くいなした。手の甲に鳥肌が立ち、エリンは急に寒気を覚えた。「何か言いたいことがあるの？」

「どう思う？」

「駆け引きをするのはやめて」ゆっくり深呼吸すると、なつかしいクリストの高級なアフターシェーブローションの香りがし、エリンは思わずうろたえた。

胸が苦しくなるほどなつかしいクリストの香りで、記憶の波が解き放たれた。あのころ、クリストが出張に出かけたとき、エリンは彼のシャツを着て眠った。彼がそばにいるときは、決してそんなつまらないことはしなかったけれど。クリストの都心の住まいで、彼のシャツの洗濯をしたこともある。将来を約束したカップルのようなことがしたくて、たわいない家庭的なことを喜んでしたものだ。でもクリストは将来の約束はしなかった。エリンの不安を取り除くことも、愛情や未来について口にしたこともなかった。

つらい事実がよみがえってきて、あの時期が人生で最高に幸せだったとなつかしんだことがわれながら不思議に思えてくる。クリストと過ごしたあのころが、この二十五年の人生を変えた心躍る時期だったのは確かだ。でも、幸せなときはあっというまに過ぎるもので、二人の関係がこれからどうなるのかと案じながらも恐ろしくて尋ねられず、不安を抱えていた時間のほうが長かった。落ち着いて振る舞おうと苦心し、彼をうるさがらせないように、条件をつけたり期待をいだいたりしないようにしていた。

思い出してエリンのふっくらした唇が不満げにゆがんだ。あの不安や努力がどれだけいい教訓になったことだろう！　最終的に、クリストは無傷で立ち去ったが、エリンのほうは、覚悟していたはずなのに打ちのめされた。エリンは最初からずっと、クリストにとっていっしょにいたい相手ではなく、当面いっしょにいるだけの相手という立場に甘んじなければならなかった。

いいえ、うまく彼の目に留まり、彼がふさわしい妻を選ぶときが来るまで、しばらく彼を楽しませる女性たちの長い列に加わっただけのこと。彼にとってほとんど意味のない存在だったのだ。ほかの女性と結婚するためにクリストに捨てられたという事実が、いまだにエリンの心に焼けつくような痛みを与えていた。

「ついに白状する気になったかな？」クリストが表情ひとつ変えずに言った。

エリンはさっきまでの会話を思い出そうとしながら、眉根を寄せた。「何を白状するの？」

クリストは待避所に車を寄せてから答えた。「ぼくのモビーラ・スパで働いていたころ、きみが何をたくらんでいたか調べはついているんだ」

エリンはクリストに向き直った。澄んだ目に炎が宿り、ハート形の顔が緊張にこわばった。「わたしが何をたくらんでいたというの？」

クリストはハンドルをつかんでいた長い指を伸ばし、褐色の目で無表情にエリンを見据えた。「きみは独創的なさまざまな方法で、利益を勝手に自分のものにしていた。そういうたぐいの事件に詳しい法廷会計士のチームを雇い、きみがおこなっていた取り引きの実態を突きとめたよ。きみはぼくから金を盗んでいたんだ」

あまりの驚きに、エリンは一瞬、座席に押しつけられたような気がして、目を見開いた。「こんなひどい根も葉もない話、聞いたことがないわ」彼女はショックのあまり、うわずった大きな声で言い返した。

「証拠も目撃者も揃《そろ》っている」クリストは反論を許さぬ口調で言い、またエンジンをかけて車を動かし、平然と車線に戻った。

「起こっていないことの証拠や目撃者が、手に入るはずがないわ！」エリンは怒りをぶつけた。「そんな非難を受けるなんて信じられない。わたしはこれまで盗みを働いたことなどないわ！」

「ぼくから盗んだだろう」いまにも怒りが爆発しそうな口調だった。力強い横顔に鋼のような硬さがうかがえた。「まぎれもない証拠に反論できるはずがない」

エリンはこれほど時がたって、降って湧いたような非難を受けたばかりか、彼女が罪を犯したとクリストが確信していることに呆然《ぼうぜん》となった。

「どこから証拠を手に入れたつもりか知らないけれど、そんなことはいっさい起こっていないし、これまでわたしは自分のものでないものを勝手に盗んだことはないわ。だから、それは捏造《ねつぞう》された証拠よ」

「捏造などない。事実を受け入れろ。きみは貪欲にものを盗み、しっぽをつかまれたんだ。きみの居場所がわかっていれば、盗みで訴えていたが、気づいたときにはきみは遠くへ逃げていた」

エリンはやり場のない怒りに震え、一九三〇年代に建てられたブラックス・イン・ホテルの白と黒の正面玄関に車が停《と》まるまで待っていた。彼女は助手席のドアを開け、急いで車から降りた。怒りに震えるほてった彼女の顔を、クリストは冷笑しながら窓越しに見つめた。エリンは見つかったのがショックなのだ。彼女は自分には罪がないと躍起になって説き伏せようとしているが、意外でもなんでもない。現在の雇用主の前で泥棒のレッテルを貼られては困るのだ。今回は誘惑に耐えていたとしても、その身に泥はこびりついている。こんな致命的な欠点を持つスタッフに信頼を置く上司はいない。

クリストが抜群の身体能力の持ち主らしく、流れるような動きでゆっくり車を降り、ロックした。

エリンは小さな手を体のわきで拳に握り、敢然と立ち向かった。「じっくり話しあいましょう!」

腹立たしいほど冷静に、クリストは長いまつげの下からものうげな視線をよこした。

「人目のあるところで話すのは――」

「オーエンのオフィスを使わせてもらうわ」エリンはホテルに入り、二人を出迎えようとしていた痩せた金髪の支配人に早足で近づいた。「ホテル内を案内するのは十分後にするわ。どこかで邪魔されずに話がしたいの。あなたのオフィスを使わせてもらっていいかしら?」

「もちろん」オーエンがドアを大きく開き、エリンが通り過ぎるとき耳打ちした。「来ると知らせてくれてありがとう」

クリストは二人の親しげなやりとりに気づいたが、内容までは聞こえず、ハンサムな若い支配人とエリンはどんな関係なのか気になった。エリンは年上の男性が好みのはずだ。だが、かつてホテルで彼女の不意をついたあのとき、ベッドにいたのは二十歳になるかならないかの若者だったと思い出し、クリストは口元をゆがめた。美しいスパの支配人を手放しでほめていたサム・モートンのことを思うと、クリストの嘲笑はさらに深まった。あれほど女のとりこになっている男を見たことがない。サムは太陽も月も星もエリン・ターナーのために輝いていると思っている。

クリストが部屋に入るとエリンがドアを閉め、彼に向き直った。アメジスト色の瞳が怒りで色濃くなっていた。「わたしは泥棒ではないわ。そんないいかげんなことを言う理由を教えてもらいたいわ」

クリストは鋭く目を細めてエリンを見つめた。荒い息づかいで、胸の丸みを包むシルクのブラウスが誘うように揺れている。先端が苺《いちご》のようだったクリーム色のふくらみを思い出して、クリストの欲望に火がつき、体が岩のように硬くなった。背の低さを補うように、エリンはほれぼれするような女性的な曲線を持っていた。あの体が彼は好きだった。それどころか、かつては、エリンと離れていると彼女の情熱あふれるさまを夢にまで見て、ほかの誰が相手でも手に入らない官能的な充足感に思い焦がれた。

「ぼくは愚か者ではない」クリストは冷ややかに言い、熱を帯びた心を安全な方向へ向けた。「モビーラ・スパで、きみは店舗の商品をよそで売った金を懐に入れ、明細記入請求書を改竄《かいざん》し、架空のエステティシャンに報酬を支払っていた。不正行為で短期間に約二万ポンド稼いだ。そんなごまかしが気づかれないとでも思ったのか？」

「わたしは泥棒ではないわ」エリンはかたくなに繰り返したが、盗み、店舗の商品の転売、と聞いたとたん、頭のなかで警報が鳴り響いた。

不正行為をしていた人物をエリンは知っていた。信頼していた管理スタッフのサリーが商品を車に積みこむところを自分で捕まえたからだ。彼女は高価な商品を盗み、オンラインで売却していた。残念ながらその事実を証明することはできない。警察には届けなかったし、ほかの社員にはサリーが盗みを働いていたことを伝えなかったからだ。エリンは狼《ろう》狽《ばい》するサリーを座らせ、話しあった。そして二人で在庫を調べ、結局、エリンが足りない商品をポケットマネーで穴埋めした。年上のサリーが気の毒でならなかったからだ。彼女は夫に離婚され、自閉症の子ども二人を抱えて孤軍奮闘していた。でもあれはサリーの不正行為の氷山の一角にすぎなかったのだろうか？　サリーは工夫を凝らしてさらにお金をだましとっていたの？

「証拠がある」クリストがぴしゃりと言った。

「目撃者がいるとも言ったわね。それはサリー・ジェニングス？」

クリストの力強い顔がこわばる。痛いところを突いたのだとエリンはわかった。「女の魅力で誘惑して言い抜けようとしてもだめだ、エリン――」

「あなたを誘惑するつもりなんかさらさらないわ。いっしょにいたころのわたしとは違うのよ」エリンはそっけなく言い返した。クリストにされたことで強くなったのだ。不幸な恋愛から生き延びれば、何より自己認識が深まり、人格が高まる、とエリンはつらい気持ちで考えた。クリストに心を打ち砕かれて、自分がどれほどもろいか思い知り、つらい屈辱を味わった。でも、妊娠していると知るとすぐに元気を奮い起こした。難問に直面しても、選択に迷ったり自己憐《れん》憫《びん》に浸ったりはしなかった。

エリンはクリストの浅黒いハンサムな顔を見つめ、端整な容貌に反応しそうな本能を締めだした。彼はこちらから送った手紙を一通も読んでいないのだろうか？　電話をしても彼は出ず、電話を取り次ぐなと言われているから、かけてきても時間の無駄だと秘書に言われた。エリンはせっぱつまってギリシアの彼の実家に電話さえしたが、意地の悪い養母が築いた障壁に阻まれた。クリストは結婚する予定だから〝あなたのような女性〟とはもう無関係だと言われたのだ。エリンが一年間ずっとつきあっていた女性ではなく、一夜の相手として路地で拾われた女であるかのような口ぶりだった。

でも、クリストの養母が悪いのではないかもしれない。エリンは真剣なつきあいだと思っていたが、クリストはまったく別の目で見ていたのは明らかだ。彼の家族に紹介されたことはないし、エリンが自分の母に会ってもらいたがっていると彼は知っていたのに、気軽な顔合わせの席を設けようとしても、そのたびに彼の都合は悪くなった。エリンはクリストのプライベートな生活の一部だったかもしれないが、エリンと彼の個人的な関係者のあいだには壁が設けられていた。彼の友人に会ったのはほんの数回で、ある夜、友人から、クリストがエリンとどのくらい長くつきあうつもりかときかれて以来、誰とも会わせてくれなくなった。

「選択の余地はほとんどないと悟れば、きみの態度も変わるだろう」クリストが静かに言った。「では、ホテルの施設を見せてもらおう。スケジュールがつまっているからね」

エリンは口を引き結び、クリストのあとからオフィスを出た。態度が変わるですって？

こちらの言ったことは何も聞いていなかったということだ。サリー・ジェニングスから、エリンに関する嘘《うそ》を吹きこまれたの？　ほかにどう考えられるだろう？　モビーラ・スパを突然辞めたから、会計士によって発覚した不正について、サリーの策略にうまくはまってしまったのだろうか？　彼の言う、態度が変わるとはどういう意味だろう？　言いがかりを打ち消すためにどうすればいいか、本当の罪人をどうやって捕まえるか、エリンは考えを巡らした。無実を証明するためには、クリストが証拠と考えていることを調べるしかない。サリーを見逃したのが愚かだったの？　彼女に同情し、助けるつもりがその報いとして巧妙な嘘をつかれ、罪人の身代わりとなり、罪を着せられることになるなんて。サリーに直接会い、良心に訴えるのが唯一の方法だろう。それにしても、クリストの言う選択とはなんなのだろう？

オーエンが熱心にスパを案内し、最近の改善点やキャンペーンについて述べ、それにともない常連客が急増したと説明した。最後に彼はコーヒーを勧めたが、クリストは時間がないと断り、エリンを追いたてるようにして、外に停めた車に戻り、最後の訪問場所へ向かって走りだした。ブラッケンズはサムの所有するもっとも高級な物件だ。ロマンティックな週末を過ごしたいカップルに人気の、周囲を森に囲まれたヴィクトリア朝様式の建物で、会員専用のスパがあった。

ブラッケンズの支配人、三十代の優雅な黒髪のミアは、クリストが最初に見せた笑顔に魅せられた。エリンはすばらしいホテルの案内を、知識の豊富な支配人にほとんど任せた。いくら仕事に集中しようと努めても、ほかのさまざまなことが気にかかってならなかった。クリストは約三年間、エリンが彼から大金を盗んだと思っていた。どうして何も言ってこなかったのだろう？　どうして警察に通報することもなく、事実上、放っておいたのだろう？　彼は不当な行為をされて見逃すようなことは決してない。身を粉にして働き、忠誠を尽くす部下には、クリストは気前のいいボーナスと昇進の機会を与えてくれるが、簡単にだませるような男性ではない。

クリストの気を引くように彼と笑いあうミアを見ていると、エリンは少々、不愉快になった。自分がミア以上にクリストに影響されていたことが思い出される。かつてのエリンは、引き締まった浅黒い顔の鋭い輪郭、独特の彫りの深さ、色の濃いダイヤモンドのような瞳をちらりと見ただけで、心を奪われ、全身になじみのない興奮に震えた。男性に対して警戒心が強く、友人たちがパーティを楽しんでいるあいだずっと勉強をしていたせいで、二十一歳の女性にしては世間知らずだったのだ。記憶を遮断し、それとなくクリストを見ると、彼はすぐにエリンの沈黙に気づき、彼女をともなって自分のブガッティに戻ってきた。

「家に帰ってもいいかしら？」車の向きを変えるクリストにエリンは尋ねた。

「ぼくのホテルでいっしょに夕食をとるんだ」クリストが答えた。「話しあわなければならないことがある」

「あなたと話すことなどないわ。交渉はサムが自分でしますから」エリンはそっけなく言った。「わたしはただ雇われて手伝っているだけよ」

「噂《うわさ》に信憑性《しんぴょうせい》があるなら、きみはサム・モートンの〝ただの人〟ではないだろう」

助手席にいたエリンはそのほのめかしを聞いて身を硬くした。「噂があなたの耳に入ったの？」

「ぼくがきみを雇っていたころ、きみはぼくとベッドをともにした」クリストが淡々と言った。

エリンは歯を食いしばった。すぐにでもクリストをぶってしまいそうな気がした。「それは違うわ。あなたのために働きだしたときには、わたしたちはすでにつきあっていたでしょう」

クリストは整った口元を引き結んだ。思い出したくないのに、心はあのころに引き戻された。それまで女性をベッドに引き入れる苦労をしたことはなかった。彼の誘いをうまくかわし、驚くほど自制心の強いエリンに、彼の欲望は高まり、ほかの女性とは違うと思わされてしまった。確かに違っていた、とクリストは不機嫌に考えた。つきあっていたあいだずっと、エリンは彼の金を盗み、私腹を肥やしていた。彼女はクリストをだましていた。そしていま、同様にモートンをだまそうとしている。

「サムとわたしはただの友だちで——」

クリストのゆがんだ唇が多くを物語っていた。「きみのもうひとりの友だちのトムと同じ種類の友情か？」

エリンははっと身動きを止めた。クリストとの関係の終わりのころ、彼がトムとエリンの仲を邪推していたことを思い出した。「それほど親しくないわ。サムとは年代が違うもの」

トムは大学時代、兄と妹のようにつきあってきた友人で、エリンの人生のなかで大切な位置を占めていた。残念ながら、クリストはそういうプラトニックな友情が存在するとは信じず、結局エリンは、クリストがどう考えようと友情を結ぶのは自分だと考えて、彼を説得するのは諦めた。

「モートンは祖父と言ってもいい年齢だ——」

「だからわたしたちのあいだには、なんの関係もないのよ」エリンは感情をこめずに彼の言葉をさえぎった。

「サムとベッドをともにしたことはないわ」

「彼はきみにのぼせあがっている」

「勝手に思っていればいいわ」エリンは携帯電話を出し、自宅の電話番号を押した。

母が出た。後ろで子どもが泣いている。ローカンだろう。息子は疲れてご機嫌斜めのようだ。そばにいてやれず、エリンの胸は痛んだ。子どもたちとほとんどいっしょに過ごせないのがつらかった。平日、子どもと向きあう時間はごく限られているので、週末の時間を楽しみにし、仕事で不在の分の埋め合わせをするように努めていた。

「悪いけど、今夜の帰りは遅くなるわ」母のデイドラ・ターナーにエリンは言った。

「どうして？　何をしているの？」

「すませなければ帰れない仕事があるの」

あとで顔を合わせてから、母にいろいろきかれるだろう。エリンは口元をぎゅっと結んで電話をバッグに戻した。クリストがまた現れたと母にはどうしても言えなかった。いまだに母には、なぜ先に結婚指輪を指にはめずに、二人の子どもをもうけることになったのかと責められているのだから、やはり今度も、根掘り葉掘りききだそうとするに違いない。でもそんな母に文句は言えない。修道院の付属学校で修道女に教育された母は、信心深く、自由なものの見かたができない。それでも、双子たちには愛情深い優しい祖母であり、エリンは母の支えがなければシングルマザーとしてやっていくことはできなかった。

「まだどういうことなのかわからないんだけど」エリンはこの地域で最高のホテルに車を停めたクリストに言った。「三年前、わたしはあなたのお金は盗んでいない。でももっと詳しく言ってくれないと、申し開きもできないわ」

「きみがおこなった取り引きをたどると、きみの銀行口座につながった。無罪を訴えて時間を無駄にするのはやめろ」クリストが冷たく言った。

「あなたとディナーをとるつもりはありません。あなたとわたしは笑って別れたわけではないもの」エリンははっきりと彼に思い出させた。

クリストが悠然と車を降りた。「ぼくと食事をして話しあうか、ぼくがきみの盗みの証拠を持ってきみの上司のところへ行くかだ」

あまりにも無表情に淡々と言われ、張りつめた数秒間のあいだ、エリンは、クリストが平然とした顔で脅しをかけているとはわからないほどだった。エリンは顔から血の気が失《う》せ、ぞっとした。彼は選択を迫っている。その証拠とやらの資料を持ってどこへでも行けばいい、やれるものならやってみなさい、と言ってやることもできる。でも、残念ながらクリスト・ドナキスには、それができる力がある。

彼は単に言葉のうえで言っているのではなく、こうと決めたらかならずやりとげる。望む結果を得るためには徹底的にやるはずだ。クリストは容赦ない手ごわい危険な敵になる。エリンが盗んだと信じているなら、その罪を罰するまで追及の手を緩めることはないだろう。

エリンは久しぶりに無力感を覚えた。子どもたちの未来を危険にさらすわけにはいかない。必死に働いて築いたいまの居場所を守るため、全力で闘うつもりだった……。

3

エリンはホテルの洗面所へ行き、激しい鼓動が少しおさまるまで手に冷たい水をかけた。しっかりしなさい、と鏡のなかの自分のこわばった顔に言い聞かせ、手を拭いた。どうしてクリストはいまになって現れ、わたしの人生をめちゃくちゃにしようとするのだろう？彼には無意味なことなのに……。

報いを受けさせようとしているなら別だけど。洗面台の前で髪を整えていると、いらだたしいことに手が震えているのに気づいた。クリストはぜんまい仕掛けのおもちゃをぎりぎりと巻きあげるように、エリンを締めつけ、自衛能力を過熱状態にさせた。気をつけなくては。パニックに陥ると不注意に愚かなまねをしてしまう。エリンはゆっくりと深呼吸し、落ち着こうとした。クリストは子どもたちのことを知らないようだ。ということは、こちらから送った手紙をまったく読んでいないのだ。双子のことを知れば、きっとそっとしておいてくれるだろう。わざわざ厄介事を掘り起こそうとする男性はいないはずだ。

いいえ、クリストならそうするわ、と小さな警告の声が頭の奥で聞こえ、ふいに初めて彼と出会ったときのことを思い出した。

そのころエリンは公営のレジャーセンターで副支配人として働きはじめたばかりだった。大学時代の裕福な友人イレインが、父親から高級なアパートメントを買ってもらい、エリンが部屋探しに苦心していると知って小部屋を使わせてくれた。収納つきのシングルベッドを置けばいっぱいになってしまう部屋だったが、エリンは部屋の大きさは気にならず、イレインと暮らし、地下にある住民専用の豪華なレクリエーション施設が毎日使えるだけでうれしかった。

エリンは水泳が得意で、学生時代、多くのトロフィーを獲得してきた。家庭環境が違えば水泳選手になっていたかもしれない。コーチは選手になるよう勧めてくれたが、残念ながらエリンの両親は、才能のある娘に時間と費用を捧《ささ》げて支える気はなかった。それでもエリンはできるかぎりスポーツや水泳を楽しんでいた。

レクリエーション施設で最初にクリストを見かけたとき、彼は鮫《さめ》のようになめらかに水をかいてプールを往復していた。ものうげに手足を動かし、並の速さで泳いでいたため、エリンはいつもの力強い泳ぎで苦もなく彼を抜き去った。

〝競争しよう！〟追いついてきてクリストは言った。

あの魅力あふれる深いまなざしを、いまもエリンは忘れられなかった。その目は、まるで磨いたブロンズ像のように引き締まった浅黒い端整な顔のなかで輝いていた。

〝わたしが勝つわ〟エリンは静かに警告した。〝負けても平気？〟

エリンに火をつけられたかのように、褐色の瞳が金色に光った。〝よし、かかってこい！〟

クリスト同様、エリンも挑戦が好きだった。彼女は放たれた弾丸のように水を切り、相手を振り切ってゴールし、振り返って、唖然《あぜん》とする彼の顔を楽しんだ。エリンが水から上がると、クリストも続き、小柄な彼女にのしかかるように、引き締まった力強い長身を伸ばした。割れた腹筋を水がしたたり、筋骨たくましいみごとな体にエリンは目を奪われた。男性の体に興味を持って真剣に見たのは、あのときが初めてだったかもしれない。

〝そんなに小柄なのに、どうやってぼくを負かしたんだ？〟信じられないと言いたげに彼は言った。

〝泳ぎがうまいからよ〟

〝もう一度勝負しよう、かわいい人《クークラ・ムー》〟

〝いいわよ。水曜日の夜、同じ時刻に。でも言っておきますけど、わたしは毎日泳いでいるの。あなたの泳ぎは雑で――〟

〝雑だと……〟クリストは耳を疑うと言いたげに黒い眉を片方上げた。〝こんなに疲れていなければ、きみをこてんぱんに負かしていたよ！〟

エリンは笑った。〝そうでしょうとも〟男性には自尊心があると知っているので、彼女は穏やかに同意した。

クリストが手を差しだした。〝クリストフ・ドナキスだ。では、水曜日に。完膚なきまでたたきのめしてあげよう〟

〝そうならないと思うけど〟エリンは明るく答えた。

〝クリストフ・ドナキス？　わたしたちみたいな一般人が泳ぐプールでクリストフに会ったの？〟あとでイレインに言われた。〝彼は最上階に部屋を持っていて、屋上に専用のプールがあるのに〟

〝下々の者たちの様子を見に来たんでしょう。誰なの？〟

〝わがままなギリシア人大物実業家よ。大金持ちのプレイボーイで、週替わりで女性とつきあうの。いろいろな女性とエレベーターで上がっていくのを見かけたわ。ゴージャスな美女が大好きみたい。あなたなんて、午前のおやつみたいに食べられちゃうわ〟イレインがあっさり諭した。

でもその夜、男らしく完璧なクリストが夢に現れ、エリンの心と体を熱くした。厳しくしつけられたため、性的なことに関して自制心と警戒心が人一倍強いのに、彼からこんな影響を受けたのが、エリンは不思議だった。クリストが性的魅力にあふれていることは、ひと目で見てとれた。そして水曜日、今度は少し気を入れて泳がなくてはならなかったが、またエリンが勝った。

〝いっしょに何か飲もう〟エリンのシンプルな黒と赤の水着に包まれたほっそりした体の曲線を、クリストの熱をこめた視線がゆっくりなぞり、ふっくらした柔らかな唇に止まった。あからさまに興味を向けられ、エリンの頬が染まった。

〝やめておくわ〟慎みを捨て、ばかを見るのが怖くて、エリンはとくに慎重になっていた。

〝ではまたお手合わせ願おう。三度目の正直というだろう?〟黒いまつげの下で、おもしろそうに瞳がきらめいた。

〝あなたには専用のプールがあるってルームメイトから聞いたわ〟

〝改装中なんだ。再試合をするだろう?〟クリストが念を押した。ブロンズのように輝く瞳が挑みかけてくる。〝次に負けたほうがディナーをおごるんだ。連絡できるように電話番号を教えてくれ。ぼくはこれから一週間アメリカへ行く〟

エリンはクリストの粘り強さに感心し、受けて立たざるをえなかった。三度目はクリストが勝ち、彼は喜びをあらわに片手を突きあげた。エリンが彼に惹《ひ》かれ、自信に満ちた冷静さの下に隠した起伏の激しい性質や、浅黒くいかつい顔が一変する、まばゆいばかりのいたずらっぽい笑みを愛するようになったのは、そのときだった。

エリンは、クリストにはなじみがなさそうな、ごく普通のアメリカンスタイルのディナーを振る舞った。彼はどんな状況でも楽しく、話し上手で、いつのまにかエリンは仕事のことや将来の希望を彼に話していた。食事のあと、彼はエリンが自分の部屋へ来るに違いないと思っていたようで、彼女が断ると驚いた。いつも女性は簡単に彼になびいていたからだ。そっけなく断られてから二週間後、ようやく彼はエリンに電話してきた。

〝きっとあなたは傷つくわ〟イレインは予言した。〝彼はあんなにハンサムでお金持ちで傲慢、あなたはものすごく堅実なんだもの。ああいう男性とあなたのどこに共通点があるの？〟

答えは……ひとつもなかった、だ。でもキャンドルの炎に吸い寄せられる蛾《が》のように、エリンは明白な事実を受け入れるのを拒み、結局、手痛いやけどをした。あれ以来、男性とはつきあっていない。ときどき口説かれることはあるが、あんな面倒なことを喜んでする気になれず、断った。母といっしょに暮らしていては、貞操帯をつけているも同然だけど。

クリストはすでに高級レストランの席に着いていた。近づいてくるエリンを見て、彼は立ちあがった。鋭い褐色の目で繊細なエリンの顔をひたと見据える。華奢《きやしや》な天使のように純粋で、ハート形の顔にアメジスト色の瞳が宝石のように輝いている。ほかの男性が彼女を目で追っている。クリストのベッドに敷かれたシルクのシーツに横たわる彼女のセクシーなイメージが頭に浮かび、即座に彼は高ぶった。あのつややかなうわべの下に、不実で信頼のならない愚かな女性が隠れているとわかっているのに、こんな影響を受けることが驚きだった。安っぽい逢引《あいびき》をし、彼にしてみればつまらない額の金を盗む。そんなスリルないのために、なんでも買ってやれるクリストを捨てたのだとしたら、賢い女性であるはずがない。

クリストの値踏みするような視線を感じ、急にエリンの顔がほてった。背筋がこわばり、体全体が締めつけられ、自制心をかき集めなければならなかった。彼女は反応しないように努めながら席に着き、すぐにメニューを手に取って眺めた。メインが一品のコースを選んで、ワインはいらないと伝え、おとなしく座っていなさいと言われた子どものように、背筋をぴんと伸ばして座った。

「それではあなたの望みを聞かせて。さっさとすませましょう」エリンは会話の主導権を握ろうとした。生け贄《にえ》《い》のように怯《おび》えて座っているつもりはなかった。

金色を帯びた褐色の瞳が、テーブルの上で握りしめたエリンの両手を見つめ、整った唇に嘲笑が浮かんだ。「きみが欲しい」淡々と彼は言った。

エリンは問いかけた。「どういうこと?」

クリストはおもしろそうに琥珀《こはく》色に目を輝かせた。「もちろん、男が女を欲するようにということさ」

エリンは信じなかった。クリストはエリンを捨て、数週間後にリサンドラという裕福なギリシア人の美女と結婚したのだから! クリストを引き留めておけるほど、エリンは大切な相手ではなかったのだ。彼は即座にエリンのいない人生に歩みだした。意地悪く言えば、結婚許可書のインクも乾かぬうちに離婚したけれど。エリンに飽きたのと同じように、妻にうんざりしたのかもしれない。クリストはどんな女性も本気で好きになることはないのかもしれない。

「それが黙っている代償だ」よどみなく彼は答えた。

これは恐喝なの？　あまりのショックにエリンは下唇を噛《か》んだ。舌にかすかな血の味がした。「黙っているって、わたしが盗みを働いたとかいう、あなたが信じこんでいることと関係があるの――」

「きみが罪を犯したと知っているんだ」

「本気じゃないわよね」エリンは苦しげに息をした。

クリストがブロンズ色の顔に確信をにじませて、人差し指でエリンの手の甲を撫《な》でると、彼女の全身の肌が粟立《あわだ》った。「どうしてだ？　ぼくたちはシーツの上で楽しい時間を過ごしたじゃないか」

思い出したくない記憶がよみがえり、エリンは身をこわばらせたが、体はゆったりした深みのある声に反応していた。ブラジャーのなかで胸がふくらみ、先端が尖《とが》り、締めつけられた喉をこするように荒い息がもれた。彼女は目を伏せてまばたきし、こちらを射すくめる輝く褐色の瞳を避けた。いまだにクリストから影響を受けるなんて。でも、子どもが生まれてからは、まるで修道女のように過ごしてきたのだから不思議はない。職を失った妊婦として、どうにか生き延びようともがいたすえ、仕事と住む場所ができただけで、いまはありがたかった。〝楽しい時間〟という彼の言葉が、エリンをおとしめ、二人で同じ時間を生きていると信じていたあのころを蔑んでいた。あのころのひとときは、ただの楽しい時間だったの？　それとも、クリストがまた現れ、時間と体を手に入れようとしているのは、わたしが彼にとって何か意味があるということ？　そう思うとめまいがした。クリストに興味があるわけではない。でも、わたしには女性としての誇りがある。

「何を言いたいの？」エリンは自分が置かれた立場がつかめるまで、しばらく駆け引きすることにした。「あなたのところに戻れというの？」

「冗談じゃない《ナ・パス・スト・ディアロ》！」驚きを顔に表し、クリストがうめいた。「一度の週末だけだ」

エリンは繊細な顔を凍りつかせた。彼の侮蔑が心の奥に突き刺さる。いつかきっとクリストは侮辱した報いを受けるはずよ、と彼女は心のなかで息巻いた。料理を持ってウエイターが現れなければ、無分別なことを吐きだしていたに違いない。エリンは口を開かないように努め、料理をじっと見つめた。腹が立ち、苦々しさがこみあげた。なんてひどい。一、二時間、料金を払ってつきあう娼婦《しょうふ》のように扱われるなんて。

「いかがわしい週末」引き結んだ唇の隙間からエリンは言った。「あなたにぴったりね」

クリストの豊かなまつげの下で、つややかな琥珀のような瞳がきらめき、内に閉じこめられた強靱《きょうじん》な人格と男性的な力強さが、攻撃的で迫力のある雰囲気をかもしだした。エリンは、檻《おり》のなかの虎を柵のあいだからつついたような胸躍る興奮を覚えた。彼のせいで味わわされた屈辱が、少しでもまぎれてうれしかった。

「ぼくが黙っていることと、きみが盗んだ二万ポンドの代償としての週末だ……安いものだろう」氷のような声で彼は言った。

皮肉を言うクリストをひっぱたいてやりたかったが、エリンはぐっとこらえ、彼に見えないように膝に置いた手を握りしめた。クリストと渡りあうには冷静でいるしかない。感情的になったら負けで、彼に踏みにじられてしまう。

「氷の女神のふりをするのはやめるんだ。モートンには効果があるかもしれないが、ぼくのエンジンは熱くなりはしない」クリストがそっけなく言った。「週末を一度過ごすかどうか――決めなければならないのはそのことだ」

「全部、仕組まれたことなの？　あなたはサムと取り引きをするつもりはなかったの？」

エリンは震える声で尋ねた。

「それはぼくの問題だ。買収チームが決める。いい投資先なら、スタッフにきみがいようがいまいが、買収を思いとどまることはない。とはいえ、またきみについて法廷会計士に調べさせるつもりだが」

エリンは堂々と顔を上げた。「わたしは不正なことをしていないから、サムであろうと、あなたであろうと、何も見つからないはずよ。脅迫には屈しないわ」

「最終的にはその言葉を取り消すことになるだろう」クリストはさも優しげに言い、男らしい旺盛な食欲を見せてステーキの大きな塊をフォークで刺した。

「あなたの証拠とやらを見せてもらうまで、どんな決定もできないわ」

「食事のあとで見せよう。ぼくの部屋で」彼は静かに答えた。

クリストがすんなり同意したことにエリンは動揺した。彼には有罪を示す証拠だという揺るぎない確信があるのだ。不安だったが、彼女はきっぱり顔を上げ、アメジスト色の瞳を光らせて応じた。「あとでわかるわ」

空腹ではなかったが、エリンは食べた。料理を残せば、神経質になっていることを印象づけてしまう。

「一週間、実家に戻らなければならない」クリストが言った。「養父の会社で起きた問題の助言を求められている。ギリシアの経済状況はきみも知っているだろう」

エリンはしぶしぶうなずいた。「あなたにはその影響はないの？」

「ぼくの事業は、ここイギリスと北アメリカを拠点としている。数年前から状況は把握していたが、養父のヴァソスは頑固でね。変化を嫌い、ぼくの警告に耳を貸さなかった」

「あなたがそんな話をするのは、つまり……」

「きっと社交で忙しいと思われるきみが、週末の予定を入れやすいようにだ」

エリンは引き結んだ口のなかで歯を食いしばった。怒りがますます高まる。彼は、エリンが提案を受け入れると確信している。ばかにするにもほどがあるわ。一瞬、仕事以外の時間は幼児二人を抱えて大忙しよ、と言いそうになったが、良識とプライドが働き、エリンは黙っていた。最近は夜出かけると言ったら映画か友人とつましい食事をするくらいだ、と彼には知られたくなかった。

「それで、モートンとのお遊びはどんな状況なんだ?」クリストが静かに尋ねた。

クリストが静かになるのは珍しい。エリンはいぶかしげに顔を上げて彼を見た。「サムとわたしがどうかかわっていようと、あなたには関係ないわ」

「ぼくは離婚した」淡々とクリストは言った。

エリンは、自分にはなんの意味もないと示すように肩をすくめた。「新聞で読んだわ。結婚は長く続かなかったのね」

クリストが顔をしかめた。「充分、長かった」

浅黒いハンサムな顔がくもり、表情がこわばったのに気づき、エリンの胸は痛んだ。結婚生活の失敗が、クリストにはいまも不快なのだ。後悔と自己抑制が読みとれる。彼の自制は珍しくもなんともないけれど。

クリストはいつでも手の内を見せず、感情を隠している。二人のつきあいが終わったときもそうで、彼は激しい感情も深い後悔も表に出さず、自然のなりゆきだとエリンに告げた。思い出すとエリンの背筋がこわばった。こちらはあまりに突然で、ひどいショックを受けたのに。でも、今度は相手がどんな人物なのかわかっている。クリストが闘いたいなら、なんとかしてこちらも闘うまでだわ！

黙ったまま二人はエレベーターで上階に向かった。エリンは自分の置かれている状況が信じられなかった。彼が離婚から立ち直るための情事の相手になるのだろうか？　でも、安っぽい一度限りの週末にそんな上品な表現は合わないと気づき、屈辱で彼女の頰はピンクに染まった。

クリストはエリンを見つめた。頭のなかで銀色に輝く髪をほどき、仕事用のスーツをパーティドレスに着替えさせ、すらりとした脚をきれいに見せるハイヒールを履かせてみる。彼の体が活気づいた。さらにきわどい光景が過去からよみがえる。だが、もう一度エリンとベッドに入ったら、彼女に失望するだろう。記憶に残るあのころと同じようには楽しくないはずだからだ。このゲームのポイントはそこにある。もちろん、彼女には当然の報いを受けさせる。だが、エリンは変わった。彼女はあのころよりずっと抑制がきいていて、もはやアメジスト色のあの瞳に、やすやすと気持ちを読みとれる反応が映しだされることはなくなっていた。盗みに対する動かぬ証拠があると知れば、エリンはきっと喜ばせようとしてくるに違いない……。

エリンはホテルのスイートルームがこれほど隔離され、静かだとは思っていなかった。彼女は飲み物を断り、居間を歩きまわった。寝室へ何かを取りに行くクリストを見つめる。

かつてあの力強い長身に夢のなかで悩まされたものだ。あの優雅な動きは誰にもまねができない、と注目した自分が腹立たしく、エリンは口元をこわばらせた。といっても、やはりクリストは人目を引く男性だ。すれ違った女性はみな目を奪われ、振り返る。でも、わたしの判断は正しかったわ、とエリンは思った。クリストは骨の髄まで猛獣であり、いまのわたしはただの獲物なのだ。彼の妻は何をしたのだろう？　クリストは女に恨みでもあるの？　なぜ、三年もたって、またわたしが標的となったの？

クリストがファイルを示した。「読んでごらん」

自信に満ちた彼の様子でエリンはまた不安になった。あわてたりいらだったりしないようにしながら、ファイルを手に取り、ソファへ行って座った。クリストのところで働いていたときにエリンがサインした多くの書類の写しだった。納入業者、エステティシャンへの支払書、元の数値が改竄《かいざん》されていることを示すコピーが添付された明細記入請求書。エリンの胸のなかで心臓が鉛のように重くなり、肺が押しつぶされるように苦しくなった。誰が見ても明らかな罪状を示す資料だった。

ファイルをのせた膝が震えだしたが、エリンは頭をはっきりさせておこうと努めた。

「あなたの調査では、このエステティシャンは存在しないのね？」

「存在しないことは知っているだろう」

最後の資料は、彼女の名義の銀行口座に千ポンドが振りこまれた書類で、エリンは胸が悪くなった。以前使っていた銀行口座を解約したかどうか、彼女は覚えていなかった。たった一度の振りこみだが、充分、エリンを破滅に導くものだ。こんな不正行為ができるのはサリー・ジェニングスしか考えられない。彼女がデスクに置いた書類に、エリンはほとんど機械的にサインをしていた。いまから思えば、彼女を信用しすぎていたのだ。残念ながら、あのスパの運営がエリンにとって初めての本格的な仕事だった。エリンがクリストに呼ばれているあいだ、代理をしてくれる者はいなかった。山積みの仕事、オーナーの恋人の下で働くことが不満で敵意を向けるスタッフ、そしてクリストに有能だと思われたい気持ちのはざまで、エリンは、スパができた十年前から働き、仕事を知りつくしたサリーに頼りすぎていた。世の中は甘くないと、いまになって思う。こんな証拠をつきつけられては、サムでさえ、エリンの無実を疑うだろう。

エリンは立ちあがり、ファイルを大きな音をたててコーヒーテーブルに放った。「みごとな資料だけど、わたしはしていないわ！　せっかく働く機会を与えてくれたのに、あなたからこっそり盗むなんてありえないわ」

クリストに金色にきらめく目で見つめられ、エリンはやっとの思いで息を整えた。急に体の内で何かが勢いを増し、血管のなかで血の流れが速まった気がした。禁じられた興奮の波がうねりをあげ、全身に広がっていく。

「いまだにぼくを求めているね、クークラ・ムー」クリストは、張りつめた雰囲気と見つめるエリンの澄んだ瞳に気づいた。久しぶりにまた彼女の気持ちを読みとれたのがうれしく、彼は満足げに言った。

「違うわ!」エリンはむきになって言い返した。こんなに動揺し、自制心を損なうのなら、クリストの部屋で資料を見たいと言わなければよかった。いまの彼女は混乱し、猛獣から逃れようとしていた。

クリストが手を伸ばし、エリンの手首をつかみ、テーブルの向こうからゆっくり引っ張りだした。エリンの体のなかの反応が嵐となって吹き荒れ、警戒心や防御本能を圧倒した。

「そうじゃないわ……」エリンは苦しげな小声で言い、必死で空気を肺に送りこもうとした。

だがクリストは彼女を引き寄せ、たくましい腕を彼女にまわした。エリンの動揺する心に、彼の温かな体温と力が媚薬《びやく》の効果をもたらした。距離を保とうと、彼女は細い体を硬くしたが、容赦なく抱き寄せられた。

「それでいいんだ」クリストが驚くほど優しい口調で言った。「ぼくもきみが欲しい」

エリンは、自分を捨ててすぐにほかの女性と結婚した男性から、そんな言葉は聞きたくなかった。欲しいといっても、彼はエリンを愛していたわけでも、ずっといっしょにいたかったわけでもない。エリンが求めていたのはそれだけなのに。彼は単に体の関係を望んでいたのよ、と強く自分に言い聞かせたが、ほっとさせてくれるクリストの温かさが、服を通じて冷えきったエリンの腕や脚に伝わってきた。何より油断ならないのは、彼の高級なコロンの香りだった。こんなに近くにいると、忘れられないなつかしい香りが鼻をくすぐる。禁断のドラッグか何かのように、エリンはその香りに酔いしれた。

「やめて、クリスト！」エリンはぴしゃりと言った。「もう二度とあなたとあんなことはしないわ！」

「いずれわかるさ……」クリストは、心のなかで必死に闘うエリンを金色に輝く瞳で見つめ、彼女がなんとかして拒もうとしていたキスを奪った。

その味に溺れそうになりながら、エリンは拳を握り、広い肩をたたこうとしたが、さらに強く抱きしめられただけだった。熱い欲望が嵐となって全身でうなり、膝が震え、こうなった原因が自分なのか彼なのか、それとも両方なのかわからなくなった。舌でさらに探られ、エリンはおののいた。誘うような彼の動きのひとつひとつになすすべもなく意識が呼び覚まされ、長いあいだ断ち切っていたものをこんなに強く感じるのがつらかった。急に自分がこのキスを求めていたと気づき、恐ろしくなった。ほかのことはどうでもよくなり、ただ引き締まったたくましい体の力強さを全身で感じたかった。硬く尖った胸の先端と、腿の付け根の潤いに満ちた熱気がエリンを駆りたてた。クリストの唇が彼女の唇に、焼けつくように熱く、もどかしげにぴったり重なる。電気ショックにも似たものがうなりをあげてエリンの華奢な体を貫き、全身の感覚が反応しはじめた。こんなに味わいたいと思い、必要だと感じられるものは、ほかにない。頭の奥で鳴り響く警告に応えるには、全力を傾けなければならなかった。

「だめよ！」エリンに突然強く押しやられ、クリストはバランスを崩して椅子に倒れこんだ。

クリストは呆然《ぼうぜん》としてまばたきした。エリンから世界レベルのボクサーのような拳をくらったのだ。彼は頭を振り、即座に色の濃い目に宿る思いを隠して、満たされぬ欲望と闘った。「そうだな……いまはそのときではない。ぼくは飛行機に乗らなければならない」

クリストはかすれた声で言った。

エリンは胸をふくらませて深呼吸し、たちまち立ち直ったクリストにならおうとした。強い感情で深みが増したアメジスト色の瞳で、憎しみを隠さずにクリストの端整な顔を見つめた。「わたしは絶対に承知しないと言ったのよ」震える声で言った。「わたしのことは放っておいて。脅すのはやめて」

何より挑戦を好むクリストの瞳が金色のダイヤモンドのように輝いた。「ぼくは立ち去らない」

「わたしに強要しつづければ痛い目にあうわよ」エリンは怒りをこめてこわばった顔で言った。「わたしの人生にかかわらないで。さもないと後悔するわ」

「いいや。ぼくは自分の行動を後悔することはめったにない」彼は見るからに楽しげに言った。「きみはモートンとの将来をぼくがだめにするのを恐れているのか？　残念だな、クークラ・ムー。ぼくは彼のためにひと肌脱ぐつもりだ。きみには毒があるからな」

エリンは拳を握った。「これが終わるころには、あなたはいっそうその毒を実感しているでしょうよ」

クリストは苦笑しながら彼女を見つめた。「きみなど簡単に扱える」

「あなたは自分の評判に傲《おご》っているのよ」エリンは背筋を伸ばし、ドアに向かった。「タクシーでスタンウィックに戻るわ」

エレベーターのなかで、エリンはパニックに襲われた。鼓動が速まり、冷や汗で肌がべたついた。あのキスのせい？　まるでダイナマイトのようだった！　どうしてあんなことになったのだろう？　もうクリストを愛していないのに。愚かなことからはすっかり卒業したと思っていたのに。再会したとたん、彼の魅力は鋼鉄の手錠のようにエリンを捕らえた。

ファイルを読んで動揺していたから、あのキスに屈したのかもしれない。その程度の言い訳しか思いつかないの？　頭のなかで小さな声がそうあざわらった。クリストに対する憎しみと同じくらい、自分がうとましかった。弱いから彼に反応したのだとは認めたくなかった。

4

翌日の早朝、エリンは息子のローカンを膝であやしていた。悪い夢を見て目を覚ました息子をなだめて寝かしつけるには、いつも時間がかかる。

「ママ……」黒っぽい大きな目で見つめる息子のカールした黒い前髪をかきあげてやっているうちに、眠気でローカンのまぶたが下がってきた。

息子と同じようにエリンもくたびれ果てていた。スタンウィックに車を取りに戻ると、サムからクリストの印象を聞かせてくれと言われ、そのまま打ち合わせが二時間続いた。サムはドナキス・グループとの合併を熱望していた。一生かけた仕事のたまものである彼の三軒のホテルが、クリストのおかげで、さらに高水準のものになると信じているからだ。サムに何もかも打ち明けていないことが意識され、エリンはいっしょにいて居心地が悪かった。サムはクリストとエリンがつきあっていたことを知らない。知られたくなかった。彼女を捨て、妊娠した彼女の助けを乞う手紙や電話を無視した相手がクリストだと知れば、サムはすぐにクリストに不信感をいだくだろう。自分の泥沼の私生活のせいで、引退しようとしているサムの計画を妨げる必要はない。もしそんなことになれば、秘密を隠しつづけるよりもずっと悪い。

エリンの肩でローカンがびくっと動き、黒い巻き毛が彼女の顎をくすぐった。温かな重みを感じる。

「早くベッドに入れてやりなさいな」部屋の入口から声が聞こえた。

小柄で金髪のデイドラは娘のそばへやってきて、すばやく上掛けをめくり、孫を寝かしつける娘を手伝った。エリンはため息をついて立ちあがった。「またローカンに起こされちゃったのね。ごめんなさい」

「何を言っているの。わたしは早起きしなくてもいいんだから。ベッドに戻りなさい。まるで夢遊病者みたいじゃないの。こんなに遅くまで働かせるなんて、サムは何を考えているんだか。家族といっしょに夜を過ごしたいと思っていることなんて、サムはぜんぜんわかっていないのね」

「わかってもらえると思う？　サムには気にかけなくてはいけない子どもがいないんだもの」エリンはなだめるように言い、うつぶせで眠る息子の上掛けを整えた。「サムは一日の終わりにおしゃべりしてくつろぎたいのよ。ホテルを売却して引退できるかもしれないと喜んでいるの」

「サムはそれでいいでしょうけど、ホテルを売りはらったら、あなたやほかの従業員はどうなるの？」心配げに母が言った。「わたしの年金じゃ暮らせないわよ」

　エリンは母のこわばった肩を優しく撫《な》でた。「どうにかやっていけるわ。企業が買収された場合、雇用は法律で守られるそうよ。必要ならほかの職を探すわ」

「いまの経済状況ではそう簡単に職は見つからないでしょう」母が言い返した。

「だいじょうぶよ」エリンは虚勢を張って自信たっぷりに言った。サムの買い手候補がクリストだと母に打ち明けていないのが後ろめたかった。

　でも、知らせれば母は激怒するだけだ。ようやく会えたのに、どうしてクリストに父親になったと打ち明けないのかと問いつめられる。エリンは心配性の母には、どうしようもないときを除いて、悪い知らせは伝えないようにしていた。娘のヌアラのほうは丸くなってぐっすり眠っているのを確かめ、エリンはベッドに戻った。暗闇で横たわっていると、母と同じように心配がこみあげてきたが、楽しくなるようなことを考えようと努力した。

　借家ではあっても、快適なテラスハウスで暮らしていること。先行きが不透明なこの時代に、エリンが住宅ローンを借りるのは危険すぎると母は考えたのだ。母の態度にいらだつこともあったが、失業するかもしれないとなると、ささやかな借家住まいでもありがたい。オーナーが替わっても従業員は法律で守られる、とサムはエリンの職を保証してくれていたが、規則には抜け道があるものだ。クリストはエリンに自分の下で働いてもらいたくないと思っている。となれば、すぐに職探しを始めたほうが賢明だろう。残念ながら何カ月もかかるだろうけれど。もっと前向きに、強くなって、積極的にこれからの課題に立ち向かっていこう。

でも、クリストは課題とは言えない。行く手にそびえる大きな岩のようなものだ。そんな障害をどうやって避ければいいのだろう？　彼はエリンがお金を盗んだと信じている。でもあの当時、追及せず、警察に通報しなかったのはなぜだろう？　きっと証拠をつかんだときには、クリストは結婚していたのだろう。警察が関与すれば、エリンが恋人だったことが新聞沙汰になるかもしれない。それをいやがったのだとしたら？

クリストがそんなことを恥ずかしがるとは思えないが、妻になった女性は気にするかもしれない。クリストが、エリンと同時にリサンドラとつきあっていたなんてことはあるかしら？　それが発覚するのを恐れたとか？　クリストはエリンを捨て、ほんの三カ月後に結婚した。出会ってからそんなに短期間で結婚するカップルは少ない。同時に二人とつきあっていたの？　クリストが不実だと考える理由はなかったが、二人の女性とつきあうことができないと信じられるわけでもなかった。それに、エリンは捨てられると察知できなかったのだ。クリストの何を知っていると言えるだろう。

エリンはこれまで危険を避け、安全で確かな状態を好んできた。クリストとつきあったばかりに、ものごとがうまくいかなくなった。エリンとクリストは正反対の性質だった。クリストは危険を冒し、難題に挑むことを楽しむタイプだった。だから、水泳の競争でついにエリンを負かしたあと、クリストから何度デートに誘われても、エリンは断った。結局、彼の部屋でパーティをするから友人といっしょにおいでと言葉巧みに説得されたのだけれど。

イレインとトムがいっしょにパーティに出席してくれたおかげで、エリンは魔法のような楽しい時間を過ごした。クリストは感じがよかった。その夜の終わりに、初めてキスをされた。たった一度のキスで、封じこめていた熱い夢想の蓋が吹き飛ばされ、エリンは怖くなった。クリストは平穏な心に致命的な危険をもたらす相手だと、彼女はすぐに察知した。

〝あなたのことは本当に好きよ〟あのとき、二人のあいだに燃えあがる情熱に木の葉のように震えながら、エリンはぎこちなく言った。〝友だちでいましょうね?〟

〝友だち?〟クリストはいままでそんな言葉を聞いたことがないというように鸚鵡《おうむ》返しに言った。

〝それがいいと思うの〟エリンは明るく言った。

〝ぼくはそうは思わない〟彼はあっさり答えた。

最初のころは自制心と分別があった、とエリンは痛感した。双子が生まれて、人生は一変した。さっきホテルのスイートルームで、怒りのあまりクリストの子どもを産んだことを言ってしまいそうになった自分が情けなかった。彼がエリンとのあいだの子どもを欲しがり、父親としての役目を果たそうとするはずがない。そんな立場に追いやったエリンに腹を立てるだけだろう。自分が彼にとって取るに足りない厄介者だとつくづく感じ、エリンは屈辱を覚えた。クリストに話しても何もならないのであれば、せめて誇りだけは保たなければ。

かつてクリストが、彼の友人の恋人が妊娠中絶をした話をしたことがあった。〝結局二人は別れた〟感情をこめずに彼は言った。〝そんな緊迫状態を乗り越えられるカップルは少ない。ぼくだって子どもを持つ心の準備ができているとは言えない。お荷物のない人生のほうがいい〟

彼が知的な褐色の目で見つめながらわざわざ伝えた、あからさまとも言えるコメントを、エリンはしっかりと受けとめた。〝ぼくに対してそんなことはするな!〟ということだ。本能的に感情をあまり表に出さない彼が、知りあいに対する個人的な意見を彼女に打ち明けたのは、そのときが最初で最後だった。エリンは彼の言葉を、もし妊娠したら彼は中絶を望み、関係は終わりだという警告と受けとった。

妊娠したのはひとえにクリストのせいだ、と思うと腹立たしかった。もうすぐ父親になると告げたら彼は激怒するだろうとわかっていたけれど、彼女は金銭的援助を求めて必死に連絡をとろうとした。主導権を握りたがる傲慢なクリストは、驚かされることを好まない。男性の同意を得ずに赤ん坊を産むとはあまりに身勝手だ、と思うに違いない。いいえ、クリストには、あなたに二人の子どもがいると告げてもなんの意味もないだろう。

でも、あのよくできた証拠のファイルを公表するという脅しにどう対処すればいいのだろう？　家族全員が脅威にさらされているのだ。いままで働いて築きあげてきたものが一夜にして吹き飛んでしまう。職を失い、給与がもらえなくなれば、自分ばかりか母や子どもたちも犠牲になる。もし、プライドを捨て、クリストの残酷なゲームにつきあえば、あのファイルが世に出ることはなくなり、少なくとも一年は職を失わず、時間をかけて次の仕事を探せる。残りの一生に比べれば、一度の週末くらいなんだというの？

エリンは、ホテルの持ち主が替わることを案じてやつれた母の顔を思い浮かべた。母は歩んできた人生のせいで、突発的な未知のことを恐れるようになっていた。差し迫る騒動に母を巻きこんではいけない。それに娘と息子が、自分のように不安定な子ども時代を過ごさずにすむなら、エリンはどんなことでもしてやるつもりだった。

残念ながら、こうなったのはすべて自分のせいなのだ、とエリンは思った。そもそも、クリストとかかわるなとみんなから言われたのに、無視したのだから。クリストは女たらしだと評判だった。しかも、彼の下で働くことを承知して、さらに彼に依存してしまった。そんなことをして賢明だと思うのか、と友人から心配されたのに。あの年、クリストとしたことは、何もかもが賢明な行為ではなかった。しかも、状況が悪化し、クリストがエリンと恋人として深くつきあうつもりがないことが明らかになっても、彼女はしがみついていた。つきあっていた最後のころにエリンが誕生日を迎えたときには、彼はイギリスに戻ってきて祝おうとさえしなかった。かつてみずからが招いた厄介が、いまになって我が身に返ってきてしまった。クリストが感じのいい態度で接してくれるはずがない。彼は二年かけて、エリンが彼からお金を盗んだと確信を固め、苦しんできた。彼は報復しようと考えているのだから。

輝きながら夕日が沈む。クリストは、スモッグと渋滞のアテネを離れた郊外にある、養父母の別荘の陰りゆく庭を眺めた。ここは、クリストが二十一歳で相続した私有の島テソス島に似合いそうな家庭的な家だが、造りは豪華だった。

ヴァソス・デネスと妻のアポロニアは、莫大《ばくだい》な財産を持つ少年の後見人となったが、それで自分の財を増やさないように細心の注意を払ってきた。二人とも灰色のない黒か白かで人生をはっきり割り切る、気むずかしいタイプだ、とクリストはいらだち混じりに思った。この三日間、彼はヴァソスとオフィスにこもりきりで、養父の会社を倒産の危機から救おうと苦闘していた。クリストが低利で融資すればことはたやすいのだが、養父母はクリストの金に手をつけたことはなかった。養父はストレスにさらされたせいでディナーの最中に眠りこけ、養母はいくら明るく振る舞おうとしていても、不安げに黙りがちだった。一年半前に患った神経衰弱が完治していないのだ。

義理の息子がエリンとどんなことをしようとしているか知れば、養父母は仰天するだろう。二人はクリストを敬愛し、保守的に教育してきたから、彼が自分たちの価値観やまっとうな行動規範を受け継いだはずだと信じきっている。だが、子どものころからクリストは養父母をどうすれば喜ばせられるか察知し、どう振る舞えばいいかわかっていた。親のためにつねに世の中の悪を正せるものではないと認めていた。とくに不愉快な、正せなかった悪行の記憶がクリストの意識の底でわだかまっていた。彼は顔をしかめ、もう一杯酒をつぎ、急いでその記憶を振りはらった。

一日十八時間働き、自分の大企業の仕事にいつも追われていたころ、エリンは遊ぶにはもってこいのすばらしい気晴らしだった。ただそれだけのことだ。いまから二十四時間以内に電話がかかってこなければ、二人の知力の闘いが始まることになる。彼は強気で行くつもりだった。すでに次の手は考えてあり、悔いはない。クリストの辞書に〝許す〟の文字はなかった。自分でもはっきりそう思うが、彼は自省にふける性格ではない。だが、欲望が彼を別の面へと駆りたてていた。たかが一度のキスではないか。熱くなり、思い悩む十代の若者でもあるまいし。

しかもなぜ、いまこの時間、エリンがサム・モートンとベッドに横たわり、女性が本能的にもっともたやすくできる方法で彼を楽しませているかもしれないことが気にかかるのだろう？　その光景が頭に思い浮かぶと、怒りが湧きあがるのはなぜだ？　むしろうんざりして、エリンにかきたてられた炎が消えるはずではないのか？　だが、いまのクリストに考えられるのは、近い将来のある週末の、頭上に広がるまばゆい青空だけだった。夢のようなすばらしい週末になるだろう。言うまでもなく、なんの価値もない夢なのだが、と彼は冷笑を浮かべた。それが終われば、不実なあの小柄な女性から、四六時中、不可解な渇望に悩まされることはなくなる。無事終了というわけだ。理想的な将来に思いをはせ、クリストは心の平穏を得られるときが待ち遠しくてたまらなかった。

エリンは電話の受話器を取りあげた。血管のなかの血は氷のように冷たく凝り固まっていた。降参するのはつらかった。弱みを見せれば、相手は禿鷲《はげわし》のように飛びかかってくるものだ。最近は人に屈服せずに生きてきた。でも、エリンがもっと強かったとしても無駄だったかもしれない。いまの彼女は勝ち目のない状況に追いつめられ、選択の余地がなかった。愛する者を守るために、どんな手段を使ってでも最善の努力をするしかなかった。

「はい、ミス・ターナー」電話の向こうで誰だかわからない秘書が言った。「あなたから連絡があるとミスター・ドナキスから聞いております。おつなぎします」

クリストはエリンが屈服すると確信していたのだ。すでにぼろぼろになった彼女のプライドにさらに打撃が加えられた。二年半前、クリストに連絡をとろうとあれほど苦労したのに、果てのない拒絶の壁に阻まれたことをつらく思い出す。もちろん婚約したばかりの男性が元の恋人からの電話を喜ぶはずもないけれど、肉体関係を暗に提案する行為が許されるかどうか、それとこれとはまったく別問題だ。

「エリン」クリストのけだるげな声が聞こえてきた。「何か用か？」

「五日の週末でいいかしら？」緊張で息がつまり、苦いものが体じゅうに湧きあがるのが感じられた。状況はエリンの手ではどうしようもなくなっていた。こんないかがわしいことに同意できるわけがないわ、と心の奥のどこかで小さなわめき声が聞こえたが、頭を働かせて、子どもたちや母を思い浮かべ、やはり、いちばん大切なのはそれだと考えた。

「二週間後か」クリストが言った。

「すぐに調整していちばん早い日程よ」エリンは商談の予定を入れるように、できるだけ冷静に伝えた。

「いいだろう。段どりは誰かに連絡させる。有効なパスポートは持っているかい？」

「なぜ？　どこへ行くつもりなの？」

「適切な場所さ。では五日に会おう」慎重なもの言いだった。クリストひとりではないのだろう。

緊張で口のなかをからからにして、エリンは受話器を置いた。体のなかに、まるでコンクリートのように強い憎しみが根を下ろした。クリストに捜しだされ、人生を壊されそうになる、どんなことをわたしがしたというの？　彼はエリンが泥棒だと思っている。〝やめて！〟そう怒鳴ってやりたかった。つきあっていたころ、エリンは彼から高価な贈り物は受けとらなかった。そんな明らかな行為さえ、なんの意味もなかったというの？　彼女はあらゆる努力を払って、二人の関係を対等にしようとしてきた。

出会ったあのころ、クリストは恋愛関係になるのに乗り気でないエリンの気持ちをロマンティックな行為で変えようとした。花を贈り、気のきいたEメールで近況を伝え、そして、バレンタインデーにすてきなカードを送って、二度目のディナーに誘った。そのころ彼がほかの女性に関心を向ける様子は少しもなかった。これほどハンサムな男性から攻勢をかけられたら、どんな女性でもほだされるはずだ。ついにエリンはクリストと二人きりで出かけ、おおいに楽しんだ。それがすべての始まりだった。デートを重ねたが、キスをしただけで、彼女はそれ以上のことは許さなかった。禁欲生活を好まないクリストに再三、説明を求められ、エリンは男性とつきあったのは彼が初めてだと打ち明けた。それを聞いて彼は驚き、彼女がいまこそと思えるときまで待つと承知した。圧力をかけられなかったことで、彼女はさらにクリストが好きになった。

そして、エリンはついに渇望に耐えられなくなり、クリストと結ばれた。彼との親密なつながりは、えもいわれぬ喜びをもたらした。つきあいはじめて四カ月たったころ、エリンの勤務中や、顧客の個人トレーナーとして残業しているときに会えないことに我慢できず、クリストが、ロンドンの彼の主力ホテルにあるモビーラ・スパの支配人の仕事の話を彼女に持ちかけた。じっくり考えたすえ、これまで副支配人の仕事をしてきて、その仕事をこなす能力はあると判断し、エリンは承諾した。クリストの下で働けば、二人の関係が変わるのではないかと不安だったが、それは杞憂《きゆう》だった。

エリンは避妊用ピルをのみはじめたが、いろいろな薬を試しても、情緒の変調に悩まされた。結局、クリストが自分が避妊具を使うと言い、その直後に、例の中絶した友人の恋人の話が出た。自分の身に同じことが起こらないか不安が芽生えたのだろう。半年後にはエリンは事実上、クリストのアパートメントで同居していた。出張に同行しないかと誘われるようにもなったが、エリンは、真剣に仕事に取り組んでいると部下に示したいので仕事を離れることはできない、と答えた。クリストは理解はしたが、喜んだわけではなく、そのころから、彼の出張中にトムと何をしていたのか、質問を浴びせられるようになった。

トム・ハーコートはエリンにとって兄のようなものだった。大学で出会い、トムもロンドンで職を見つけたため、ずっとつきあいが続いていた。性的に惹《ひ》かれあうことはなかったが、意気投合する二人の様子をクリストは何度か見ており、不愉快に感じ、疑いをいだいたのだろう。つきあいだして八カ月したころ、トムのことでクリストと大喧嘩《おおげんか》し、エリンは怒って部屋を飛びだした。

〝ぼくにそういう親しい女友だちがいたら、どう思う?〟クリストは激しい口調で尋ねた。おおいに気にくわない。だが、エリンはそう答えなかった。トムのことは兄だと思っているのだから。

〝あなたは独占欲が強すぎるわ〟そう彼女が言うと、クリストは否定した。

〝きみは美しい。トムがそれに気づかないはずがない。プラトニックな関係などないんだ。どちらかはそれ以上の感情をいだいているものだ〟

〝わたしを信頼するかどうかの問題よ〟エリンは口論の要点をしぼり、あなたは嫉妬深いのよとクリストに言ってやりたい危険な気持ちを抑えた。

〝クリストはあなたを愛しているのよ〟エリンよりずっと世慣れたイレインはさもおかしそうに言っていた。〝そうなるとは思ってもいなかったけど、男の人がそれほど所有欲を示すのは、本気で好きになったときだと思うわ〟

二週間、互いに怒りをくすぶらせていたが、そんな友人の意見もあって、エリンは和解を申し出た。そのころトムはのちに結婚するメリッサと出会い、エリンのなかでは、トムの問題は二の次になっていた。だからエリンは期待していたのだが、クリストがさらに真剣な気持ちを示してくれることはなく、クリスマスと彼の誕生日を二人は離れ離れで過ごした。彼はエリンを誘うそぶりもなく、故郷のギリシアに戻った。ただひとつ、エリンの体に対する情熱だけは、二人が過ごした最後の夜でさえ変わらず、その夜、エリンは妊娠したのだった。

そしてその一週間後、クリストはホテルで開かれたエリンの誕生パーティをすっぽかし、なんのためらいもなく彼女を捨てた。彼はスパに現れ、エリンのオフィスで二人きりで話したいと言い、五分後、立ち去った。それで終わりだった。

〝きみとぼくの関係だって？〟クリストはそっけない口調で言った。〝自然消滅さ。ぼくは先へ進む〟

そして驚くべき速さで妻となる女性に乗り換えた。エリンは現実に戻って考えた。わからないのは、三年前に感情のかけらも見せずに捨て去った過去に、クリストが舞い戻ってきた理由だ。お金を盗まれたから罰したいのだろうけれど、クリストのような男性が、とても報復とはなりえないような肉体関係をちらつかせて、どうやって罰するというのだろう？

5

二週間後、エリンは空港に迎えに来た車から降り、深呼吸した。クリストがイタリアのトスカーナ州を選ぶとは思っていなかった。ロンドンの彼のアパートメントかホテルで週末を過ごすのだと思いこんでいたが、予想に反して、彼が選んだのは、眺めのよいイタリアの谷間を見おろす堅牢《けんろう》な邸宅だった。

金色に輝く太陽が沈みはじめていたが、葡萄《ぶどう》の植わった段々畑、尖《とが》った糸杉、松が茂る斜面、シルバーグレーのオリーブの木など、どれもがすばらしかった。緩い勾配の赤いテラコッタの屋根や同じ形の細長い窓を持つ、広々とした優雅な家にも、同様に心惹《ひ》かれた。豊かに広がる草原で草をはむ羊がつけている鈴の音が、悠久の田園風景に響いていた。クリストはせわしい都会の生活を謳歌《おうか》していると思っていたので、これまで、こんな風景のなかにいる彼を想像したことはなかった。

髪が薄くなった男性の使用人が、エリンが持参した小さな鞄《かばん》を受けとり、ビンチェンツォと名乗り、片手を大きく広げて英語で彼女を歓迎した。エリンは彼のあとについて大理石敷きの玄関ホールに入った。弧を描く大理石の階段を上り、金色と緑色の男性的な色調で美しくしつらえられた寝室へ案内される。金色のカバーのかかったベッドが目に入ったので、エリンは頬を赤くしてあわてて目をそらし、最新式のみごとなバスルームへ行き、慎《つつ》ましく笑顔で称賛した。

ビンチェンツォはエリンがどういう理由でここに来たか知っているのだろうか？　それとも、またクリストの別の女性が来たと思っているだけなのだろうか？　でも、どうでもいいことだ。エリンは鏡に映る緊張の面持ちをした自分を見つめ、自己嫌悪に陥った。乗り越えなさい、と自分を叱咤《しった》する。最後に男性と関係を持ってから長すぎる時間がたったけれど、今日が終われば、たとえ相手がクリストであっても、たかが体の関係であり、身の安全を懸けるまでのものではないと思うに違いない。実質を取り、安全を選べばいいのよ……。

この二週間、サムのホテルの売却交渉が進み、急速に合意に達していた。契約書の署名がすみ、封がされ、送り届けられた。エリンが好むと好まざるとにかかわらず、彼女はまたクリストの下で働くことになったのだ。といっても、彼の法廷会計士が、エリンは信用できると彼を納得させてからだろうけれど。クリストが彼女を泥棒だと確信していること、それに母にイタリアへ行く嘘《うそ》の理由を言わなければならなかったことが、いまもエリンの心に巨大な石のように重くのしかかっていた。

顔も心も不安げに見える。エリンはレインコートを脱ぎ、ビンチェンツォがコーヒーをいれると言うので、階下に下りた。母には、列車でスコットランドへ行き、トムと妻のメリッサ、生まれたばかりのカレンと過ごすと言ってあった。ほかにどう言えるだろう？真実を知れば母は心臓発作を起こしかねないと思うと、罪の意識にかられた。嘘も方便だと思ってみても、嘘をついてはいけないとしつけられた彼女には、あまり慰めにならなかった。

夕方の暖かなテラスでコーヒーを飲んだ。ローカンとヌアラはどうしているだろう。いっしょに過ごせる週末がつぶれたのは不満だった。たそがれていく美しい景色をぼんやり眺めていると、携帯電話が鳴った。エリンはバッグから携帯電話を取りだした。

メールだった。〝髪を下ろしていてくれ〟

クリストはエリンを彼の夢物語の主役の人形におとしめた。コーヒーが酸っぱく感じられ、神経が張りつめ胸が悪くなった。かつては信じられないほど彼を愛していた。いくら隠そうとしても思慕の情は隠せず、親しくなればなるほど、新たな愛情が増えていくばかりだった。こんなふうに感情抜きの屈辱的な再会をしたら、いい思い出も崩れるはずだ。天の恵みとも考えられるわ、とエリンは考えた。クリストはわたしを意のままにしておもしろがっているの？　クリストは権力を楽しんでいるのだ。歯を食いしばり、エリンはコーヒーを飲み干して、着替えるために上階に戻った。デートをするような服に着替えればいいのかしら、それともあの大きなベッドで彼を待てばいいの？

エリンは何度もまばたきして目を刺す涙を押し戻し、シャワーを浴びに行った。ベッドで待つなんて、絶対にしないわ！　バスタオルを体に巻いて、彼女はスーツケースからシルクのブルーのドレスを取りだした。

クリストはヘリコプターから飛び降り、屋敷へ向かった。全身が渇望に燃えあがり、待ちきれない。一日じゅう、いや、一週間、仕事にならなかった。エリンが来ると思っただけで、分別は吹き飛んだ。重役会議の最中にビンチェンツォから彼女が到着したと連絡があった。こんなことは間違っていると何度自問しただろう。変化を求めるためなら、ろくでなしになってもいいじゃないか、と乱暴に理屈をつけてみた。三年前、エリンを見逃したのが安易すぎたのだ。あと一度だけ彼女と過ごせば、欲望を満足させるだけでなく、厄払いになるのだ。これがすめば、エリンとのことは片がつく。

寝室の窓辺をうろついているうちに、エリンの喉元の脈は激しくなった。窓の外は見ないようにしていたが、胃がよじれるような気がした。さっきヘリコプターが着陸する音が聞こえた。自分で操縦するのが好きなクリストのことだ、彼が来たに違いない。何分もしないうちに、寝室のドアから入ってくるだろう。エリンは両手をしっかり握りしめ、神経を落ち着かせようとした。

寝室のドアが開く。クリストは輝く褐色の瞳で部屋を見渡し、エリンに視線を据えた。

ランプの明かりでたくましい長身が長い影を落とす。エリンは、肩にシルバーブロンドの髪を垂らし、小柄な体にブルーの美しい服をまとっていた。あのころと同じように、彼を待っていた。エリン。クリストがむさぼるように見つめると、美しい繊細な顔がほんのり染まった。彼女を目にしたとたん、欲望が湧きあがり、クリストは笑みを浮かべた。

「クリスト……」はっきりした声で言おうと思っていたのに、残念ながらため息のような小さな声しか出なかった。

「エリン」かすれた声で言い、彼は二人の距離をつめ、エリンを抱きしめた。

見おろすクリストに、ギリシア語で何か言われ、エリンはどうしても意味が知りたくなった。「どういう――」

「話したくない、かわいい人《クークラ・ムー》」顔を近づけた彼の息がエリンの頬にかかる。

ライオンを思わせる金色がかった美しい瞳で見つめられ、エリンの呼吸は止まった。息を吸うたび、まぎれもない彼の欲望が流れこんでくるからだ。クリストは悔しいほど非の打ちどころがない。エリンは圧倒された。唇の端を撫《な》でるように軽くキスされ、身を震わせた。彼女は何も考えられなくなり、主導権を握った体が苦しいまでに、さらにキスを欲しがった。もどかしげに彼女の唇を求めて重なるクリストの唇を、エリンは喜んで迎えた。舌を触れあわせているうちに、キスは熱を増した。キスをしながらクリストは上着を脱ぎ捨てた。エリンは彼が緩めたネクタイをほどき、たくましい褐色の喉元のボタンをはずした。

自分でもわからないまま、本能に突き動かされていた。まっすぐ立っていようと思ううちに、エリンはクリストの頬骨に触れた。まるで走っているように鼓動が激しくなり、脚が萎えて立っていられない。腰のあたりにうつろな痛みを感じ、胸がふくらみ硬さを増す。クリストの両手がヒップを包み、彼の高ぶる体に引き寄せられた。

「ぼくはきみを求めて燃えている」彼はまるで非難するような低い声で言い、エリンに後ろを向かせて、手際よくドレスのファスナーを下ろした。

「わたしもよ」エリンの声に、隠しきれないつらさがにじんだ。抑えがたい欲望が全身で脈打っている。器用な手の動きでドレスの肩紐《かたひも》がはずされ、服が足元に落ちた。

クリストは荒い呼吸をしながら、またエリンを自分に向きあわせた。身をかがめて細い腿を両手でつかんで持ちあげ、胸の奥から満足げな声を吐きだして、彼女をベッドに寝かせた。これはただの体の関係だ。ただしすばらしい関係だ、と思わず心のなかで言い直す。だが、燃えあがる興奮をどう表現していいかわからなかった。片手をエリンの体の下に滑りこませてブラジャーをはずし、アメジスト色の瞳を覗《のぞ》きこんだ。彼女は嘘つきの泥棒なのだ、と呪文のように唱えても、魔法はきかなかった。シャツを脱ぐと、胸にエリンの手が触れた。彼女とひとつになるまで我慢できるだろうか？　クリストは自分に問いかけた。

「なぜ、いまもこんな影響を与えられるんだ？」クリストは紅潮したきらめく目でエリンの顔を見おろし、低い声で問いただした。そして体の位置を下げ、先端がピンクに色づいた小ぶりな白いふくらみに意識を向けた。

そこがエリンの敏感な部分だと知っているので、クリストは手と唇と歯を使って刺激した。あえぎながら体を反らす彼女を見ているうちに達成感が深まり、むさぼるように彼女の胸を味わいながら、尖った先端に喜びの責め苦を与えた。そして、身を任せたエリンの体から目を離さずにベッドを下り、ズボンのファスナーを下げた。

エリンは恥ずかしさと当惑で頬を染めて起きあがり、両膝を抱えた。二人ですることを楽しみたくなかった。石像のように横たわり、心のなかには触れられずに、彼から離れていたかった。しかし愛の行為に長《た》けたクリストにかかっては、そんな逃げ道は許されず、彼はその魅力を駆使して、抵抗するエリンの体から反応を引きだした。

「ドアから入ったとたん、野生動物みたいにきみに襲いかかるつもりはなかった」クリストはいらだたしげに言った。「まずはディナーを食べるはずだった」

エリンは視線をそらした。彼女は消えることのない情熱の記憶のとりこになっていた。

「あなたは以前も我慢強くはなかったわ。わたしたちはいつもこうだった――」

「もう〝わたしたち〟ではない」

それは違うわ。エリンは目を伏せた。ローカンとヌアラは、わたしたちそれぞれの遺伝子がすばらしい形で組みあわさった結果だ。あの二人はクリストの興奮しやすいところを受け継いでいる。ローカンは強情で気が短い。ヌアラは機敏で活発。どちらにも、おとなしく落ち着いた母親の性質はうかがえなかった。でも、子どもたちのことをクリストに知られていないのがありがたかった。ローカンとヌアラは、辛辣なものの見かたをする厳しい父親を手本にせずにすむ。ほかの人にとって最善なことではなく、自分の望みがいつも優先する世界で生きているクリストのせいで、あの子たちがわがままな甘やかされた子になることはない。彼女をベッドに引き戻したクリストのマナーを考えれば、そう考えても彼に申し訳ないとは思えなかった。

エリンは黙って顔を上げた。

「何かたくらんでいるようだな」クリストは思案げに言った。

クリストはエリンに近づいた。高ぶった体に一糸もまとわず、金色に燃える目でエリンをむさぼるように眺めている。自分の体の奥が反応したことに、彼女は驚いた。胸の先が硬くなり、体が潤ってくる。

「いったいわたしが何をたくらむというの？」

「わからない」クリストは、彼女の引き結んだセクシーな唇を指先で撫でた。「だが、ぼくが仕事の関係者をストリップ・クラブに連れていったと知ったときと同じ顔をしている」

クリストが隣に来ると、エリンの顔が赤らんだ。「いい思い出じゃないわ」

クリストはエリンの膝を抱えた手をほどき、温かな胸に抱き寄せた。「同感だ。残念ながら、ああいうところに行くのを当然と思う男もいるんだ」

また優しく胸を撫でられ、エリンははっと息をのんだ。彼はエリンを横たえ、ショーツのウエストから指先を入れ、敏感な部分に触れた。腿の付け根がきつく締めつけられ、思わず目を閉じる。彼は熱いキスをしてから、エリンの最後の服まで脱がせ、腹部に唇をあてた。エリンははっと目を開いた。そこには妊娠線が残っているはずだ。巧みに動く口が腹部をさまよい、下に向かっていく。クリストの口と手が下腹部に触れ、甘い熱のこもる場所を探られると、エリンは小さく声をもらして喜びに身もだえした。興奮に溺れ、自制心が失われる。たまらずに体を動かすと、クリストの荒い呼吸が聞こえた。そして体が反応し、エリンをクライマックスへと駆りたてた。

「絶頂のときのきみの姿が好きだ。きみが自制を失う唯一のときだから」クリストがかすれた声で言った。いつになく内省的なきらめきが鋭い視線にこもっている。「きみはぼくとはまったく違う」

体に残る歓喜の震えがしだいに引き、エリンはぼんやりしながらクリストを見あげた。その目は彼女の表情の変化を見逃すまいとしているようだ。エリンは、今日が何日か思い出せないほど、そしてこんなにあっというまにベッドに入ってしまったのも気にならないほど、彼の誘いにのってしまっていた。彼女はそんな自分が無防備に感じられ、動揺した。

「ここであなたとこんなことはしたくない」エリンは激しい口調で言った。

「嘘をつくな」クリストの唇が近づくと、エリンの舌はまたしても彼の舌を求め、ただのキスなのにあまりに情熱的で、彼女はおののいた。

クリストが避妊具をつけ、エリンの体を覆った。彼女の脚を広げて肩にのせ、激しく深く侵入する。エリンは髪を乱し、身を反らした。すばらしいわ、と思う自分が腹立たしい。反応せずに横たわり、彼の欲望を消すことができないなんて。感情を抑え、反応しなければ、彼は無理強いしないとわかっているのに。体の位置を変えたクリストに飢えたように激しく貫かれ、まるで全速力で走っているようにエリンの心臓の鼓動は速まった。クリストがはばかることなく喜びのうめき声をあげる。流れるようなリズムでぶつかりあう体に、エリンはたまらず反応した。歓喜の声をあげて、さらに身を反らす。腰のあたりから熱いものが湧きあがるのが感じられ、すぐさま灼熱《しゃくねつ》の光がはじけて体を貫き、張りつめた全身が燃えあがった。クリストの脈動を体のなかで感じ、彼のうめく声を聞きながら、エリンはもう一度粉々に砕けて、解き放たれた。

襲いくる激しいまでの歓《よろこ》びの波が一段落してもエリンの体は震えていたが、クリストはあくまでも彼女を腕で抱きしめ、片手を彼女の腹部にのせて、湿った頬に官能的な唇を押しあてた。「きみはすばらしい。待つだけのかいがあった」

待たせてなんかいない。彼が到着して五分後にはもうベッドにいたのだから。わたしは手軽な相手なのだと思うとエリンは苦しくなった。いまもクリストに抱かれて横になり、彼との親しさを喜んでいることが不思議でたまらない。どうしてクリストと結びつきを感じるの？　三年という時間が消え失《う》せ、二人きりの時間をいとおしんでいたあのころに戻った気がした。ただ、もう彼のことは愛していないけれど。そして、クリストもエリンを愛していなかった。しかも、彼は無慈悲に脅して彼女をベッドに引き戻したのだ。ようやくエリンの分別が働きだし、クリストから離れようとしたとき、彼はさっと体を離し、バスルームに向かった。

流れるシャワーの音を聞きながらエリンは思った。彼に負けてしまって、この先、生きていけるの？　鏡を見て、自分のことを好きだと思える？　人生と子どもを守るために、しなければならないことをしたと言うのは簡単だけど、いま自分のせいで起こったことは、あらゆる面で悪影響を及ぼしそうだった。自分がしたことに打ちひしがれる。それが受けなければならない罰なのだ。

日に焼けたしなやかな体のクリストが、腰にタオルを巻いて戻ってきたとき、寝室のドアにノックの音が聞こえた。「ビンチェンツォに食事を持ってこさせたんだ」クリストがこともなげに言った。

エリンは転がるように裸のままベッドから飛びだしてバスルームに入り、シャワーを浴びた。まるで自動操縦された機械のように動いていた。クリストの存在感から逃げなければ、保っておこうとしていた距離がなくなってしまいそうだった。自分のローブは持ってきていなかったので、エリンはシャワーから出ると、ドアの裏にかかっていた黒いタオルのローブをはおった。袖をまくりあげ、しっかりとベルトを締める。

クリストは細身のジーンズと黒いTシャツに着替えていた。隅の小さなテーブルの横に温かい料理をのせたワゴンがある。

「ビンチェンツォは、どうやってこれを全部持って上がってこられたの？」

「エレベーターがあるんだ。前の所有者は体が思うように動かせない老婦人だったから」

「いつここを買ったの？」

「約一年前だ。出張の合間にリラックスできる場所が欲しかった」たったいま、二人であんな時間を過ごしたのに、驚くほど落ち着いたよそよそしい口調だった。「何を食べる？」

「自分で選ぶわ」エリンのおなかが鳴った。クリストのたくましい体から距離を保ちながら、彼女はおいしそうな料理に目をやった。これほど空腹なのが不思議だったが、この四十八時間、周囲には普段どおりに見えるように振る舞おうと神経過敏になっていたためか、食欲が失せていた。エリンは肉詰めのショートパスタと、硬くなったパンを使ったパンツァネッラ・サラダ、スライスされた自家製のパンを選んだ。

クリストは落ち着きはらった顔で二人にワインをつぎ、優雅な動きで腰を下ろした。自信にあふれたその態度を見て、エリンは歯噛《はが》みした。誇りと自信が砕かれ、突然、エリンは自分が誰なのかわからなくなった。自立した大人の女だと思っていたのに、間違っていたと思い知らされたのがつらかった。

「わたしを脅迫してベッドに引き入れても、あなたは気にならないの?」エリンはいきなり噛みついた。

「始まりはともかく、最終的にはそうじゃなかっただろう」クリストはエリンをじっと見つめ、なめらかな口調で切り返した。シルバーブロンドの髪が細い肩に乱れかかり、完璧な顔立ちを際立たせている。最初に出会ったあのとき、乱れた髪と濡《ぬ》れた体でプールサイドに立っていた彼女を見た瞬間から、クリストはエリンが欲しくてたまらなくなった。サム・モートンのオフィスで再会したときも、同じだった。エリンに火をつけられることが気にくわない。彼女の味が激しい興奮を誘い、さらに欲しくなることも、気にくわない。エリンは彼を依存症にしてしまう。

エリンは、後悔のかけらも見えないクリストの冷たくきらめく目を見つめ、自己弁護の言葉が出ないように歯を食いしばった。何が言えるだろう? 彼女が不本意な犠牲者ではないと双方が知っているのだから。「ここに来させた理由がわからないわ」緊張のにじむ声でエリンは言った。「別れたときあなたは、わたしとのつきあいに飽き飽きしたとはっきり言ったのよ」

クリストが動きを止めた。「飽きたとは言っていない」

忘れかけていた不満が噴きだした。別れたあと、自分はクリストが解放されたがるようなことを何かしてしまったのか、あるいは何かが足りなかったのか、と何カ月も悩みつづけたあのころに逆戻りしたようだった。知りたいと思うかつてのあの気持ちがよみがえり、ナイフの切っ先のようにエリンをつついた。「だったら、どうしてわたしを捨てたの？」

彼の精悍《せいかん》な顔は平然としていた。

エリンはトマトをフォークで刺した。「きみは答えを知りたくないはずだ」

「そのとおり」皮肉っぽい答えが返ってきた。「ずっと昔の話でしょう」そっけなく言う。「それでも、いまも理由が知りたいのよ」エリンは頑固に言い張った。

クリストがワイングラスを置いた。きらめく褐色の瞳に見据えられ、エリンは冷水を浴びせられたような気がした。「きみは浮気をした……」

エリンは驚いて見つめ返した。「いいえ、嘘よ」

「誕生パーティのあと、きみのホテルの部屋のベッドに男がいるのを見た」クリストが抑揚のない声で言った。「浮気をしたんだ」

エリンは眉根を寄せた。「わたしの部屋に誰がいたというの？」

クリストは広い肩をすくめ、皮肉っぽくエリンを見た。「誰なのかは知らない。きみを驚かそうと部屋へ行ったら、逆に驚かされた」

エリンは愕然《がくぜん》とした。「わたしは部屋にはいなかった――わたしの姿は見ていないでしょう」

クリストが軽蔑の目を向けた。「男の姿、脱ぎ散らかした服、そしてワイングラスを見た。浴室でシャワーの音が聞こえた。きみの姿を見る必要はない」

エリンの体が息もできないほどこわばった。アメジスト色の瞳を怒りで燃えあがらせ、すばやく椅子を引いて立ちあがった。「バスルームにいたのはわたしではないわ。あの夜、わたしはロンドンにいなかったのよ」

クリストは平然と見つめ返した。「きみの部屋だった。そして男がきみのベッドに――」

体じゅうに怒りがたぎった。「そんなことを三年たったいまになって言うの？　どうしてあのとき言わなかったの？」

「醜い争いをしてもしかたがないと思ったからだ。見る必要のあるものはすべてこの目で見たから」クリストの声は確信に満ちていた。

6

エリンはクリストの首を絞めてやりたくなった。なんの説明もなく別れたあとで耐え忍んだ惨めさが思い出された。彼の誤った判断をたったいま聞かされて、反感が湧きあがり、顔がこわばった。「見る必要のあるものはすべて見たって、本当にそう思っているの？」怒りをこめてエリンは言い返した。

冷ややかさもあらわに黒い眉が辛辣につりあがった。「ほかにどんな証拠がいるというんだ？」

「確かな証拠よ！」エリンは激しく言い返した。「バスルームにいたのはわたしではないのよ。あの夜、ロンドンには滞在しなかった。母が心臓発作の疑いで救急病棟に運ばれたと病院から連絡を受けたの。トムと恋人に送ってもらうことになり、彼の未成年の弟のデニスから、ガールフレンドといっしょにわたしのホテルの部屋を使わせてほしいと頼まれたの。断る理由もないから承知したわ。あなたが戻ってくるなんて思わなかったから。あなたは誕生パーティに来られない、おそらくあと二十四時間はロンドンに戻れないだろうと言っていたでしょう」

クリストの顔は石のようにこわばり、かたくなな目でエリンを見た。「そんな説明は信じられない」

その言葉に怒りをかきたてられたエリンはワインボトルを手に取り、クリストの顔にワインをぶちまけた。黒髪から花崗岩《かこうがん》のような男らしい顔へと流れる金色の液体を見て満足感がこみあげた。

突然の攻撃に驚いたクリストは立ちあがり、ギリシア語で悪態をつくや、エリンの手からボトルを取りあげた。「気は確かか？」信じられないといった様子で彼は怒鳴り返した。

エリンは悪いことをしたとは思わず、ナプキンで顔を拭くクリストを不機嫌に眺めた。

「あなたとかかわるようになったときからおかしくなっていたんだわ。わたしがほかの男性とベッドをともにするなんて、よくも考えられたものね。思いこみでわたしを裁いたなんて。あれだけ長くつきあったのだから、もう少し敬意を払ってくれてよかったはずよ。どうして何もきかずに有罪と決めつけたの？」

「きみとその話をするつもりはない。またシャワーを浴びてくる」クリストは浴室のドアに向かった。

エリンは稲妻のような速さで先まわりしてドアに背を押しつけ、彼を入れまいとした。

「なんて頑固なの。わたしは聖書にかけて、あの夜、モビーラ・ホテルにいなかったと誓えるわ」

「きみはあそこにいた！」クリストは荒い息をし、激しい怒りに顔をこわばらせていた。

「いいえ、いなかったわ！」エリンは言い返した。「わたしがほかの男と夜を過ごしたと、どうしてそんなに確信が持てるの？」

「理由がないというのか？　ぼくはきみの誕生パーティに戻れなかった。きみは頭にきていた——」

「ほかの人とベッドに入るほど怒ってはいなかったわよ！　わたしだと思って、ただ立ち去ったあなたが信じられない」

クリストは険悪な目つきのまま歯を食いしばり、何も言わなかった。

「いまになれば理由はわかるわ」エリンは弱々しく続けた。「あなたは誇りと自意識の塊なのよ。立ち去るほど簡単なことはないわ——」

「そんな理由で何も言わなかったのではない」ギリシア語訛《なまり》がきつくなり、褐色の目が怒りに燃えていた。「別のことがあって、しばらく前からきみに疑いをいだいていたんだ」

「それは何？」

「きみとその話はしない」

「なんて傲慢なわからず屋なの……」エリンは怒りに震えて言い返した。「つきあっているあいだ、わたしはほかの男に目もくれなかったのに、それでもあなたは不満だったの？

芯から嫉妬深くて所有欲が強いのね。わたしがトムと会うことも我慢ならなかったんだもの！」

クリストはエリンの腰をつかんで抱きあげ、横にどかした。「言っただろう。この話はしない」

エリンは浴室のなかまでついていった。「いいえ、するわ。わたしが浮気したなんてあなたに責めることはできないわ。それに、わたしは黙って引っこんでいないわ！　いったいどういうこと？　あなたはわたしが泥棒だとも思っていた。でも当時はどちらについても何も言わなかった。思い返して、あなたの中傷はどこかおかしいと思わない？」

クリストはワインが染みた服を脱いだ。「どこがおかしいんだ？」彼はぞんざいに尋ねた。

「誰かがわざと、わたしは信用ならないとあなたが思うように仕向けたんじゃないかと思えてきたわ」

整った口元に辛辣な笑みを浮かべながら、クリストはジーンズも脱いだ。「被害妄想のようだな」

クリストはさらにボクサーショーツを脱ぐ。気がつけば意識がそれ、エリンは彼の力強い長い脚を見つめていた。顔を上げたとき、彼女は頬を赤く染め、目に焼きついた腹部の筋肉のたくましさを頭から追いはらおうとした。「この疑いは被害妄想なんかじゃなくて

――」

「きみは裏切り、ぼくはそれを知った……もう忘れろ」クリストは手厳しく言い、むきだしの体を気にする様子もなくシャワー室に入った。「昔の話を蒸し返すのはやめるんだ」

「さっきのボトルで殴ってやればよかったわ」

クリストはシャワー室のドアを開け、反抗的なエリンを冷ややかに見た。「二度とあんなことはするな。さもないとぼくは何をするかわからない」

焼き焦がさんばかりのまなざしを受けとめ、エリンは胃がよじれた。また怒りが噴きだし、落ち着かない気分になった。悔しいことに、のぼせあがった若い娘のように、体がクリストに反応していた。「あんなふうに扱われるなら、いっそのこと本当にあなたを裏切ればよかった……」

エリンは浴室から出た。決定的な打撃を受けたばかりだった。クリストのことを何もわかっていなかった。多くを語らない性格だとわかってはいたが、あんなに大きな秘密を隠しておけるとは思っていなかった。彼が疑いをいだいた〝別のこと〟とはなんだろう?

エリンはベッドからカバーをはぎとり、枕を持って、部屋の反対端のソファに寝床を作った。

「そこで寝るな」クリストが厳しい口調で言った。

「わたしのことを、身持ちの悪い女で泥棒だと思っているような相手といっしょのベッドで寝るつもりはないわ！」エリンはぴしゃりと言い、髪をなびかせて彼に振り向いた。

クリストはまだ何も身につけずに、引き出しから着るものを出そうとしていた。彼は値踏みするような目で彼女を見た。「約束したはずだ――」

「でも条件をつけさせてもらうわ」エリンは静かに言った。「これから言う条件つきでなら――」

「もう遅い。決まったことだ」

「そういうことなら、わたしはソファで寝るわ」

クリストは半ば閉じた険しい目で、エリンの尖《とが》らせたセクシーな唇を見つめた。口を閉ざしていればよかったと悔やまれる。なぜ彼女の浮気を知っていると明かしてしまったのだろう？　順調にいっていたのに、エリンは自分が誠実かどうか釈明を求められていると思い、雪のように清純だと証明しようとしだした。クリストは憤慨し、湿った黒髪をかきむしった。「どんな条件だ？」

「あなたがトムと話すと承諾してくれるなら、ベッドに戻るわ。トムは、弟にホテルのカードキーを渡し、百六十キロも離れた母のいる病院にわたしを送り届けた、と裏づけてくれるわ」

クリストは不愉快な顔をした。「ばかばかしい」

エリンはきっと顔を上げた。「いいえ、そのくらいしてくれる義理はあるはずよ」

「なんの義理もない」クリストはジーンズだけはき、傲慢に落ち着きはらって答えた。彼を見ただけで、エリンの鼓動と呼吸が速まった。彼の体はあまりにすばらしかった。強烈な性的魅力が刻みこまれている。しかも、整った強情そうな口元が息子のローカンにそっくりだ。ふいに湧いてきた親近感をエリンはあわてて締めだした。エリンには、クリストの内面で怒りが煮えくり返っているのがわかった。だが、クリストは怒りは弱さだと思っているから、表に出すことはほとんどない。

「わたしの話を確認してもらってしかるべきだわ」エリンは堂々と言った。「三年前、機会を与えてもらっていないのだから、いま埋めあわせるくらいできるでしょう」

黒い眉が思案げに動く。「承知すれば、ベッドに戻るのか?」

「もうひとつ言いたいことがあるわ」

「ずいぶん大きく出たものだ」

エリンはクリストをにらみつけた。彼を愛していたころは、ほほ笑まれたり、関心を向けたりしてもらえればそれでよかったと思い出し、はっとした。悲痛な思いをするのは二度とごめんだった。「いいえ、待つだけの価値はあるわ」

クリストに渇望のまなざしを向けられ、まるで彼に火をつけられたように、エリンの顔が熱くなった。「言ってごらん……」

「自分の胸に問いかけてほしいのよ。あなたがいろいろな機会に贈ろうとした高価なダイヤモンドの宝飾品を拒んだわたしが、どうして不正を働き、刑を受けるような危険を冒すの？」エリンは静かに問いかけた。「そんなにお金が欲しいなら、ダイヤモンドをもらって売りはらうほうがよほど実際的だわ」

クリストは反応を見せず、冷ややかにエリンを見つめていたが、ゆっくりと息を吐きだし、小声で言った。「ベッドに戻るんだ」

エリンは枕をベッドに戻した。ローブの紐《ひも》をほどいて脱ぎ、ベッドに横になる。見ていたクリストの欲望は燃えあがり、体が熱くなった。これほど白く非の打ちどころのない肌と、繊細な女性らしい曲線を持つ女性はほかにはいない。そう思いながら、クリストは彼女の隣に身を横たえた。

エリンはクリストの精悍《せいかん》で魅力にあふれる顔を眺めた。自分がほかの男性に心を惹《ひ》かれることがなく、いまも誰ともつきあっていない理由はよくわかる。外見でも情熱でも、クリストと比べられる人はいないからだ。うとうとしながら、彼女は手を伸ばし、指でそっと下唇を撫《な》でた。見つめるクリストの目がくすぶり、手がエリンの手を包んだ。

「おやすみ」クリストは彼女の目の下のくまに気づき、残念そうに言った。「疲れているようだ」

彼女が疲れていることがどうして気になるんだ？　そもそもどうして気づいたんだ？

クリストは表情豊かな唇を引き結んだ。単に二晩限りの男女のつきあいを楽しむつもりで、それ以上の繊細な感情は必要ない。以前のつきあいについて、あれこれ問いただされるつもりもない。話しあうことなどないのだ。だが、エリンは浮気をしたと責められてショックを受けたようだった。不貞を知られたことが衝撃だったのかもしれない。あの夜の相手の男性は、クリストがホテルの部屋に入ってきたことを黙っていたようだ。しかもエリンは、純真で世間知らずだと見せかけるみごとな才能を持っていた。かつてはそこに魅了され、だまされた。いまでは不信感によるいらだちを覚えるだけだった。

エリンはこの週末で何を得ようとしているのだろう。彼女は逆境に強い。自分と同じだとクリストは思った。彼女といっしょに過ごす時間を楽しんでいることが、われながら気にくわなかった。

翌日、午後遅くに朝食をテラスでとった。朝寝をしたエリンは気恥ずかしかった。自宅では久しくぐっすり眠っていなかった。明けがたに目を覚ます双子をかまってやらなければならず、二人が生まれてからは短時間の睡眠でどうにか過ごしてきたのだ。エリンはカジュアルな白いコットンパンツと色鮮やかなシルクのトップスに着替え、トーストに蜂蜜を塗りながら、屋敷の裏の、栗《くり》やオークの木が茂る丘の美しい景色を眺めた。楽しい旅行のようなものだと思えてきた。設備や食事がすばらしく、同行者も我慢できない相手ではない。

我慢できない相手ではない？　皮肉っぽい小さな声が頭のなかで響いた。黒いポロシャツと注文仕立てのチノパンツを身につけたクリストは、予想どおりテラスを歩きながら、食べたり飲んだりしている。一日の始まりのこの時間でも、めまぐるしく動く心から、抑えられないエネルギーが放たれている。

ゆうべクリストはエリンをそのまま寝かせ、彼女を起こしたのは、自分が起きて着替えをすませてからだった。彼の光に満ちた褐色の目を見つめ、エリンは頬を染めた。思いどおりにならない体が、即座に彼の男らしいたくましい体に反応し、激しく心が乱れる。胸が痛み、二人の荒々しいまでの情熱を体が思い出した。そう、二人の情熱だ。気づかぬふりはできない。

現実とかけ離れた退廃的な週末だが、思いがけず有益な時間になった。エリンは、彼女が浮気をしたとクリストが信じていたという話をじっくり考え直してみた。どうして面と向かって言ってこなかったのだろう？　でもエリンにはわかっていた。クリストの本質であるプライドのせいだ。彼は怒りをうまく隠し、感情を爆発させず、エリンの浮気を受けとめた。彼はいまも彼女を信用していない。あんなに愛していたのに、と思うとエリンは愕然《がくぜん》とした。でも、彼の言うとおり過去の話だし、あれこれ考えないほうがいい。

クリストはエリンをオープンタイプのスポーツカーでドライブに連れだした。不思議な解放感があった。いつも土曜の午前中は双子を公園に連れていく。屋外では母ひとりで孫を見るのはむずかしいので、子どもたちは遊びに行けず、寂しがっているだろう。ローカンは公園じゅうを探検してあちこちうろつき、それにヌアラまでついていくことが多かった。エリンは池に膝まで浸《つ》かっている息子を連れ戻したことが二度もあった。水際にいたヌアラは、幼児言葉で〝だから言ったでしょ〟と叱った。

「どういう経緯でサム・モートンの下で働くことになったんだ?」クリストが尋ねた。

「運がよかったのよ。個人トレーナーをしていたとき、お得意さんにサムの友人がいて、スパの支配人を探していたサムに紹介してくれたの。サムから電話をもらって面接を受けたのよ」

「どうしてロンドンを離れ、オクスフォードに戻ったんだ?」

エリンは緊張したまなざしをクリストに向け、正直に言うことにした。「失業保険では都会で暮らせなかったからよ。早まってモビーラ・スパの仕事を辞めなければよかったんだわ」

「きみが辞めたときには驚いた」クリストがうなずいた。「あとからきみが金に手をつけていたと知ったが。姿を消したほうが安全だと思ったんだろう」

エリンははっと身を硬くしたが、何も言わなかった。サリー・ジェニングスと対決するまで、非難と闘うことはできない。「あなたと顔を合わせるのに耐えられなかったから去ったのよ。あなたも同じ気持ちだろうと思ったけれど、気にしすぎだったわね。短期間での離職で履歴書に傷がついたわ。思ったより職探しは大変だった」妊娠がわかり、具合が悪くなってからはとくに大変だった。

二人で過ごした多くの思い出がいっきによみがえり、クリストの気分は沈んだ。雨のなか、エリンが傘をくるくるまわしていたこと。彼女は夜、クラブに出かけるよりDVDを観《み》て過ごすほうが好きだったこと。ホラー映画が好きなくせに、悪夢に怯《おび》えたこと。夜中にお守り毛布のように扱われても彼は気にならなくなっていた。クリストがロンドンにいるときは、いっしょに暮らした。エリンは生まれつき乱雑な彼に腹を立て、クリストはエリンが好きなピザに興味が持てなかった。いまになって思えば、エリンのことをどれほどわかっていたのだろう?

石造りの家が並び、狭い路地が曲がりくねる丘の小さな村をぶらつく二人に、日光が降りそそぐ。ひんやりとした古い教会に入り、エリンはキャンドルに火をともし、平和の祈りを唱えた。クリストは外で待っていた。彼が近くにいるとエリンは頭が働かず、心のざわめきの大きさが恐ろしくなった。クリストを嫌いにならなければいけないのに、憎しみは湧かなかった。クリストの魅力以上の何を自分が感じているのかわからず、あえて探る気はなくなっていた。あと一日で家に戻り、今回の取り決めは終わる。エリンは地に足をつけていようとした。後悔し、愚かな疑問で自分を苦しめてなんになるだろう?

中世の広場で簡単な昼食をとった。クリストは手足を伸ばして昼の太陽を浴び、エリンは日焼けしないように日陰でくつろいだ。若いウエイトレスは、クリストの整った魅力あふれる顔や、笑ったときの蜂蜜色の熱っぽい瞳から目が離せないようだった。エリンはウエイトレス以上に影響を受けていた、かつての自分を思い出した。

いまでもそうだ。クリストに探るようにまじまじと見つめられ、エリンは顔が紅潮した。

「何？」

「きみは何もしなくても美しい。着替えに十分しかかからなかったね」

「あなたが華やかな女性を見慣れているだけよ」

「きみはいつも、ほめ言葉をお世辞だというように、かわしてしまう」クリストがラズベリー色のセクシーな唇に注目している。

その視線でエリンは彼の性的欲望を知り、体の奥でその欲望に引かれるのを感じた。胸の先が硬くなり、腰のあたりが熱いもので満たされた。自制心のない自分が恥ずかしい。暖かな空気をあわてて吸いこみ、困った反応を抑えようとした。緊張していても、興味を持って見つめる彼の視線をひしひしと感じる。二人のあいだの雰囲気が熱気でくすぶりだす。満足げなクリストのハスキーな笑い声を聞き、エリンの心臓は早鐘を打った。

「そろそろ出よう」もの言いたげにクリストがささやいて、優雅な動きで立ちあがり、支払いに行った。

そう簡単に今日は終わらないのね、とエリンは思った。この週末が終わり、いつもの日常生活に戻っても、現実離れしたこの二日間のあとでは、またクリストと働くのは楽ではないかもしれない。

二人は坂を下りて戻った。気温がもっとも上がる時刻で、軽装でも湿った肌に服がまつわりついたが、エリンは日差しが好きだった。車まで戻ると、クリストが彼女の手を取り、引き寄せた。欲望のこもる金色の目がエリンを見つめる。彼は身をかがめ、唇に熱いキスをした。屋敷を出発して以来、抗《あらが》ってきた渇望がふつふつと沸きあがる。エロティックで熱狂的な電流が二人のあいだにあふれ、むさぼるようなクリストの唇に火をつけられて、エリンのガードは崩れた。引き締まったたくましい体内に満ちる彼の欲求が感じられる。車のボンネットに横たえられ、二人の舌が絡まった。そのまま彼を食べてしまいたかった。

クリストがかすれた声でうめき、体を離した。

「行こう」ハスキーな声で言う。

エリンは脚に力が入らず、転げるように助手席に着いた。さっきの欲望に満ちた交歓で、胸は高鳴り、頭がくらくらして、恥ずかしさと後ろめたさで顔が真っ赤になった。こんな週末になるはずではなかった。二人のあいだの障壁が消え失《う》せてしまうほど、いまだにクリストに魅力を感じるとは思っていなかった。

呼吸を整え、クリストは車を発進させた。気にくわないことに、自制を失っていた。〝ただの体の関係〟が〝どうしても手に入れたい関係〟にいつから変わったのだろう?

いやなものを忘れるつもりだったのに、どういうことだ？　これでエリンを人生から追いだせるというのか？　クリストは自分がかつてした結婚のことを考えた。そうすればいつでも、衝動を制御しないと危険だと思い知ることができた。たちまち熱くなった血が冷め、体の高ぶりが耐えきれる程度にまで弱まった。

屋敷に入ったとき、エリンの携帯電話が鳴った。彼女はバッグから取りだし、顔をしかめて電話に出た。「お母さん？」一斉射撃のように母から言葉が浴びせられた。「落ち着いて。どうしたの？」

あわただしい足どりで歩きだしたエリンを、クリストが見つめている。

「どんな事故ですって？」エリンはあわてて尋ねた。狼狽《ろうばい》で顔が蒼白《そうはく》になった。「そんな……どれほどひどいの？」

エリンは心配でたまらず、開いた口に手をあて、ぎこちなく体を動かして振り向いた。ヌアラが公園で事故にあい、腕を骨折し、手術しなければならないという。心配のあまり鼓動が速まり、気分が悪くなった。母に、できるだけ早く病院へ行くと言って、電話を切った。

「悪い知らせか？」

「緊急事態なの。できるだけ早く家に戻らなくては。申し訳ないんだけど。荷造りするわ」

エリンは、母親がいなくて苦しんでいる娘のことしか考えられず、急いで上階へ行った。これほど罪の意識を感じたことはなかった。ヌアラが傷つき、手術をするというのに、そばについていてやれないのだ。エリンが家にいれば、こんなことにはならなかった。デイドラが孫を公園に連れていったらしい。祖母に下りてきなさいと言われたのに、ヌアラはジャングルジムのてっぺんで、逆さにぶらさがった。そして落ちて腕が折れたそうだが、幸い首の骨は折れなかった。娘が苦しんで怖がっているだろうと思うと、エリンは胃がよじれ、吐き気がした。子どもがいて責任があるから週末をいっしょに過ごすことはできない、とクリストにきっぱり言うべきだった。親として無責任だった。

「どうしたんだ?」クリストが寝室の入口で尋ねた。

エリンは服を詰める手を止め、振り返った。「どのくらいで家に帰れるかしら?」

「数時間で——きみの準備ができしだい出発できる。だが説明してもらいたい」

エリンは唇を噛《か》みしめ、視線をそらして、また荷造りを始めた。「できないわ。身内が事故にあって、家に帰らなければならないの……すぐにでも」

クリストはいらだたしげにため息をついた。「なぜ大騒ぎするんだ? なぜすっかり話せない?」

エリンは麻痺《まひ》したような、よそよそしい目で彼を見た。「話すことも、説明する時間もないわ」

十五分で屋敷を出て空港へ向かった。エリンは緊張の面持ちで、ただ娘が心配でならず、黙りこんでいた。緊張にさらされる状況に母ひとりを追いこんだことに対する罪悪感もある。週末をどこで過ごすか、母に嘘《うそ》をついた罰だ。子どもたちが必要としているときに、そばにいて、すぐに助けてやれなかった。子持ちの若い隣人、タムシンが病院に来てローカンを連れ帰ってくれ、母はそのまま病院でヌアラの手術が終わるのを待っているらしい。

空港を歩いていると、クリストがエリンの手首をつかみ、ぶっきらぼうに言った。「話がしたい」

「ここにわたしを連れてきたのは話すためではないでしょう」エリンは辛辣に言い返した。「ものたりないでしょうけど、いまはどうすることもできないの」

「そんなことじゃない」クリストが冷ややかに言った。「できるだけ早くきみをオクスフォードへ送り届けるが、何があったか話してくれないか」

エリンは唇を噛んだ。「飛行機のなかで」

クリストに話す……彼は簡単に言うけれど。エリンは何度も電話をかけたことを思い出した。彼に伝え、助けを得ようと必死だった。妊娠したと知り狼狽して、どう話せばいいか、どんな反応を示されるか気にもかけず、ただひたすら連絡を取ろうとした。でもいまの恐ろしさは、あのときとは比べものにならなかった。年齢を重ね、思慮深くなっているはずなのに、厄介事を引き起こしてしまった。でも、クリストに父親だと知らせて何が悪いだろう？　彼がどんな反応を見せようと、もはや関係ない。すでにエリンには仕事と家がある。彼の援助などいらない。

　クリストの豪華な自家用ジェット機の、クリーム色の革張りシートに座り、エリンは落ち着きを取り戻そうとしたが、ヌアラと母が心配でならなかった。母は孫二人を抱え、突発的なことに対応できず、不安発作を起こすかもしれない。平日のあいだ孫の面倒を見ていた年配の母に、さらに週末まで双子を預けるなんて、われながらあきれる。言うことを聞かない活発な幼児二人に母は毎日振りまわされ、そこにこんな事故まで起こった。

　クリストはシートベルトをはずして立ちあがった。長身を包む黒いビジネススーツが、引き締まったたくましい体を引きたてている。彼は鋭いまなざしで、エリンを待ち受けるように見据えた。

「わたしには子どもが二人いるの」エリンは張りつめた静寂を破り、単刀直入に言った。「二歳を少し過ぎた双子よ。男の子と女の子――」

　当然ながら、クリストは唖然《あぜん》とした。「子どもが二人？　どうしてきみが子どもを？」

7

「一般的な方法で。妊娠したのよ。八カ月後に母親になった」エリンは淡々と答えた。

「双子だと?」クリストは辛辣な笑い声をあげた。

「ええ。少し早産だったわ。娘のヌアラが今朝、公園で腕を骨折して、手術しなければならなくなったのよ。だから早く家に帰らなければならないの」エリンは張りつめた口調で言いきった。

「きみはいまのいままで、母親になっていたと言おうとは思わなかった、というのか?」

クリストは不機嫌に言った。

エリンはカーペットを見つめた。「あなたは興味がないと思って」

「双子の父親が誰かということのほうが興味があるね」クリストの顎が強情そうにこわばる。「モートンなのか?」

「いいえ」エリンはためらいなく答えた。「サムに出会ったときには生まれたばかりだったわ」

「どうもすっきりしないな」いらだちもあらわにクリストが言った。

「それはあなたが明白な関連を見ないようにしているからよ」エリンは決然と顔を上げ、冷静な目で彼を見つめた。心穏やかに、すると決めたことに向かっていた。「ローカンとヌアラはあなたの子どもよ。いまごろ知らされたと文句は言わないで。何度も連絡したのに伝わらなかったのは、あなたのせいよ」

クリストの目が驚きに見開かれ、整った口元がゆがんだ。「ぼくの子だというのか――ばかな。なぜだ？」

「当然でしょう。別れる少し前、避妊具を使わずに愛しあったわ。きっとあのとき妊娠したのよ」

ブロンズ色の顔が青ざめた。そんなごく些細《ささい》な事柄で、なんの説得力もなかったエリンの言葉に、急に真実みが加わったようだった。「きみは妊娠していたのか？」

「トムの弟のことで誤解しているようだけど、ほかには誰もいなかった」エリンは決然と立ちあがった。「あなたが父親よ。ＤＮＡを調べるなりなんなりすればいいわ。わたしはかまわない」

クリストは作りつけのバーで酒をついだ。口までグラスを上げる手が少しおぼつかない。彼はあおるように飲んだ。「ありえない」

彼は振り向き、激しい感情を押し隠してエリンを見つめた。一瞬、いまの会話を忘れ、全身の神経が、太陽を浴びて舌を絡めあったときの彼女の甘い味を思い出した。あの燃えあがる欲望には驚かされた。エリンへの欲望は決して飽くことがない。彼女を見るたび、手に入れ、満足感を得たくなる。憎むべき相手なのに、繰り返しベッドをともにしたくなる。過去に誤って妊娠させてしまったという夢のような話より、そんなことを考えていたかった。それに彼は同じような悪夢をようやく切り抜けてきたばかりだった。そのせいで結婚が、家族がめちゃくちゃになってしまった。そしていま、彼などどうでもいい存在だと言われている。クリストは父親としての親権を否定させるつもりはなかった。

「ライム・ソーダを飲みたいわ」エリンが当てつけるように言った。

クリストは眉根を寄せてバーに向き、鮮やかな手つきで彼女の飲み物を作った。彼は冷えたグラスをエリンに渡し、尊大な顔つきでまた彼女を見つめた。父親だという事実に大きなショックを受け、その場で時間の流れに閉じこめられたような気がした。「何度もぼくに連絡しようとしたと言ったね」

「わたしの電話はつなぐなとあなたから言われている、時間の無駄だ、と秘書に言われたわ」

クリストはカウンターに音をたててグラスを置き、反論した。「ぼくはそんな指示は出していない！」

「悪い妖精のせいかもしれないわね」自分のせいではないというクリストの言葉に、エリンは肩をすくめた。歓迎されていないと痛感しながら、繰り返し電話をしたときの屈辱は忘れられなかった。「手紙も何通も送ったわ」

「受けとっていない」

エリンは彼の返事を聞き流した。「あなたは携帯電話の番号を変えたわ。あなたのオフィスを通じて連絡するしかなかったのよ。アテネの実家にまで連絡したのだけど……」

「両親に連絡したのか?」彼は唖然《あぜん》としていた。

「お母さまに、伝言は受けつけないと言われたわ。あなたは結婚するから、わたしのような女とはなんのかかわりも持ちたくないと」エリンは思い出して顔をしかめた。

「嘘《うそ》だ。優しい養母がそんな意地の悪いことを言うはずがない。ましてや相手が妊婦なら――」

「妊娠のことはお母さまには言っていない。わたしが名乗ったら、話す時間をもらえなかったわ」

「きみのことは知らないはずだ」クリストは断言した。「両親にきみについて話したことはない」

エリンは顔をゆがめないように努めた。いま、クリストの口から、ずっと気になっていた疑問の答えが出た。クリストの養母は、息子以外の誰かを通じて息子がロンドンで女性とつきあっていると知ったのだろう。そして、エリンは彼にとって家族に話すほど大切な存在ではなかったのだ。「あなたのオフィスにも手紙を出したわ。開封せずに戻ってきたけれど。だから、あなたに連絡するのは諦めたのよ」

クリストは酒を飲み干し、首を振った。「ぼくはきみの子の父親だというのか。納得できない」

エリンは肩をすくめ、座席に戻った。クリストは、いまは怒鳴ったり、嘘つきとなじったりしていない。そんな過ちはいずれ時間が解決してくれる。でも、これほど動揺した彼を見たのは初めてだった。鋼のように強く、人生の荒波を乗り越えてきたクリストが、いまは愕然《がくぜん》とし、見るからに心を乱されていた。

「納得できなくてもいいの。理解できるわ。ようやく話したというだけのこと。あなたがどう思おうと、信じまいと、もう関係ないわ」

クリストは、冷静さの奥にどす黒い感情がうかがえる目で彼女を見た。「関係ないだと？」

「もう問題ないのよ。妊娠したときは生きていくのが大変だった。当時はあなたの援助を必要としていたけれど得られなかった」エリンは悲しげに言った。「いまは母の手を借りて、わたしたちは満足のいく生活ができているし、まともなお給料ももらっているわ」

緊迫した沈黙のなか、クリストがまた酒をついでいる。エリンはたくましい喉元の筋肉の動きを見つめながら、数時間前、彼を食べてしまいたいと考えたことを思い出し、彼のそばにいると自分がいかに弱くなるか思い知って、ぞっとした。でも、それは彼が都会的で性的な経験が豊かだから、燃えあがってしまうだけ！　彼の思うがままに親密な時間を楽しんだからといって、自分を責めてはいけない。わたしは血の通った女で、長いあいだ欲求を抑制してきたのだもの。自制心が強すぎたせいで被害者になってしまったとも言える。エリンが求めた男性はクリストだけだった。彼ほどエリンの心を奔放に解き放つ男はいなかった。クリストはいまの話に驚いたが、打ちひしがれてはいない。黒ずんだ目に激しい反応がくすぶっている。

「きみの話が本当なら、なぜぼくと再会したときに言わなかったんだ？」傲然と顔を上げて彼は言った。固く結んだ口の端が細かく動いている。

エリンは唇を結び、首を振った。「過去にわたしたちが関係していたと誰にも知られたくなかったのよ。あなたが父親だということは気にしないで」

「きみの理屈はわからない。事実を知ればモートンはきみに反感を持つということか？」

「いちいちサムのことを持ちだすのはやめて。サムにはなんの関係もないわ」エリンは厳厳しい口調で言った。「サムには恩義がある。わたしのことでリスクを負ってくれたわ。彼から仕事をもらえたから生きていけたのよ。ほかの人には、わたしたちの過去の関係は恥ずかしくて知られたくなかったわ」

恥ずかしいだと？　クリストは歯を食いしばり、言葉をのみこんだ。いまになってなぜ嘘をつくんだ？　クリストが子どもの父親だという話が本当なら、何千ポンドもの子どもの養育費をエリンに負担させていることになる。彼女が妊娠したと何度も伝えようとしたという話には、確認するまで反論はできない。もしそれが事実で、彼女が妊娠から解放される方法に走らなかったのなら、エリンには借りがあると言えるのではないか？　一方、明晰《めいせき》な頭脳は、軽率に言葉を口に出すなと言っていた。

「きみを家まで送る」クリストがきっぱりと言った。

エリンは動揺し、顔をしかめた。「どうして？」

「きみの言う、ぼくの血を分けた子を見てみたい」

エリンは表情をこわばらせ、目を伏せながら、驚くべき彼の言葉について考えた。

「そうしてほしいんだろう？」

顔を上げると、クリストが燃えさかる目で見つめていた。「そこまでは考えていなかったわ」

「いっしょに病院へ行くよ」

そうなったらどうなるか考えて、エリンは顔をしかめた。母は仰天するだろう。しかもスコットランドへ行くと嘘をついて、クリストとイタリアへ行った説明をしなければならない。

「ぼくはほかにどうしようもない」暗い声だった。

エリンは当惑した。クリストがそうするのは、好奇心から？　それとも義務感から？　打ち明けて彼がどんな反応を見せると、わたしは期待していたのだろう？　父親だと聞かされて、なんの感情も見せずに去っていくとでも？

「あなたに双子にかかわってもらおうとは思っていないわ」エリンはうろたえ気味に言った。

「これはぼくがどうするかの問題だ」クリストが見たこともない真剣な表情で言った。

ああ、なんてことを言ってしまったのだろう。エリンはあわてた。彼は親としてどうかかわるつもりなの？　彼は一般的な育てられかたをしたわけではなく、社会規範に従わない。納得できなければ慣習など気にしない人だ。

病院には午後九時過ぎに着いた。デイドラがベッドわきに座り、ベッドでは小さな子どもが静かに眠っていた。エリンを見ると、母は泣きはらし疲れきった蒼白《そうはく》な顔で立ちあがった。「エリン、よかった！　今夜は戻ってこないんじゃないかと気が気じゃなかったの。ローカンをタムシンのところに預けっぱなしなのも気になって」そこで娘の隣に立つ長身の黒髪の男性に気づいた。

「母さん」エリンはためらいがちに言った。「こちらはクリスト・ドナキス。どうしてもいっしょに来たいと言うの」

いつもの社交的な冷静さを失い、クリストは、淡いブロンドの巻き毛に縁どられた小さな顔の女の子を見おろし、ベッドの足元にじっと立ちつくした。エリンにそっくりだが、肌の色はいくらか濃かった。色のついたギプスをはめられた細い腕が目に入り、これまで感じたことのない喉のつかえを感じた。人形のように小さいその姿を驚嘆して見守るうち、柔らかなまつげが上がり、自分と同じ褐色の瞳が現れた。

「ママ……」ヌアラが眠そうにつぶやいた。

「ここよ」エリンがすぐに椅子を引き寄せ、浅く腰かけた。身を乗りだして、ヌアラの小さな手を優しく撫《な》でる。「手術はどうだったの、母さん？」

「うまくいったわ。お医者さんが喜んでいたわよ」デイドラが答えた。「ヌアラは元どおり腕を使えるようになるって」

「よかった」エリンは娘のほてった顔に目を戻した。「気分はどう？」

「腕が痛い」女の子はため息をつき、母親から、ベッドの足元に立つたくましい長身の男性へ興味を移した。「あの人はだあれ？」

「クリストだ」クリストがためらいがちに言った。

「あなたのパパよ」デイドラが疲労した顔に満足げな笑みを浮かべ、すぐに答えた。

驚いてエリンの息が止まった。彼女は動揺した目で母親を見た。

「正直がいちばんよ」デイドラが誰に言うともなく言い、椅子から立ちあがり、クリストに手を差しだした。「エリンの母のデイドラよ」

「パパ?」ヌアラが目を見開いた。「わたしのパパなの?」

一触即発の静寂のなか、エリンは顔をしかめた。「そうよ。あなたのパパよ」そして母に言った。「二人きりで話せるかしら?」

ちょうどヌアラの様子を確かめるために看護師が現れた。エリンは娘が痛みを訴えていると伝え、母とその場を離れた。「いったいどうしたのかと思っているでしょう?」エリンはぎこちなく尋ねた。

「どうしたも何も。やっと彼に父親だと話したんでしょう。そろそろそうするころだと思っていたわ」母は皮肉っぽく言った。

エリンは深呼吸した。「じつは、この週末どこに行くか、嘘をついたの。トムたちとスコットランドで過ごしたんじゃないのよ。クリストといっしょだったの」

「わたしにどう話したものか、わからなかったんでしょう。わたしが邪魔をすると思ったの?」デイドラは鋭かった。「彼は子どもたちの父親でしょう。こんな状況はきちんと整理しなきゃいけなかったのよ。とにかく、あなたは最初の一歩を踏みだした。あなたを誇りに思うわ」

励ましに驚き、エリンは母を照れくさそうに抱きしめた。「正直に言わなくてごめんなさい。わたしが来たんだから、母さんは帰って――」

「ローカンを迎えに行って、ベッドに入れなきゃね」デイドラが言った。「ローカンはヌアラのことで動揺していたわ。あなたはヌアラに付き添ってここに泊まる？　それともあとで家に戻る？」

「ヌアラの様子を見てから決めるわ」

「だいじょうぶよ。あの子はタフだから」いとおしそうにデイドラは言った。「ヌアラが落ちて、ローカンが怖がって泣いたの。そうしたらヌアラは、ローカンに、赤ちゃんみたいって言ったのよ。病院に連れていったときには、二人で喧嘩《けんか》していたわ。骨折の痛みをまぎらすのには役立ったわね」

エリンは母を見送り、病室に戻った。

「パパって何をするの？」ヌアラが悲しげに尋ねていた。

「きみの面倒を見るんだよ」

この言葉にエリンの娘はなんの感動もいだかなかったようだ。「ママとおばあちゃんが面倒を見てくれるわ」

「これからはぼくも見るんだよ」クリストが静かに答えた。

「魔法でわたしの腕を治してよ」ヌアラが不満げに言った。

「パパは魔法の杖《つえ》を持っていないわ」エリンはベッドの足元から言った。

ヌアラは目を丸くした。「パパって魔法の杖を持ってるの？」

クリストは怒ったようにエリンを見た。「残念ながら持っていないよ」

ヌアラが眠そうに言った。「腕は痛いけど、気にしないで」

「看護師さんがくれた薬がもうすぐ効いてくるよ」クリストが優しく言った。

しばらくするとヌアラは眠りに落ちた。

「母がすごいことを言ってしまってごめんなさい」エリンはばつが悪そうに言った。

「お母さんは双子がぼくの子だと信じているようだな。もしそれが事実なら、ぼくとしては問題ない」爆弾発言を受けたのに、予想もしなかった平静な答えだった。「子どもに嘘をつくのはよくない」

エリンは椅子に座ったまま眠りこみ、看護師が朝の見まわりを始めたころに目覚めた。クリストがひと晩じゅう残っていたことに驚いた。夜中に出ていき、ホテルに泊まると思っていたのに。彼の意志の固さがエリンの心に染みた。黒髪は乱れ、ネクタイを取り、シャツのいちばん上のボタンをはずしている。たくましい顎には無精髭《ひげ》が生え、セクシーな口元が強調されていた。エリンはすっかり目が覚め、すぐに頭に浮かんだのは、クリストはなんてすてきなのだろうという思いだった。輝く褐色の目に見つめられ、エリンの顔が赤くなった。肌がちくちくし、胸がふくらみ、ブラがきつく感じられた。クリストに対しては自制心がきかなくなる。彼女は無理やり彼から視線をはがした。

「食堂がもうすぐ開くだろう。ヌアラが朝食を食べたら、ぼくたちも食べに行こう」クリストが言った。

じっくり思案し、長い夜を過ごした、とクリストは疲労をこらえながら考えた。彼はエリンと、自分の娘かもしれない、眠っている子どもをずっと見守っていた。自分の子ども時代を思い出し、幸せでなかった記憶から学んだことを考えた。自分がなすべきことはわかっている。逃げずにこの事態を喜ぼう、と彼は思った。

エリンはヌアラを洗面所へ連れていき、世話をした。椅子でひと晩過ごしたせいで体がこわばっていたが、のんびりと無邪気な娘のおしゃべりの相手をした。自分もできるかぎり身づくろいしたが、レインコートもシルクのトップも麻のパンツもしわになり、化粧品もないので、青白い顔色や目のまわりのくまはどうすることもできなかった。

「DNAを調べたいでしょうね」朝食の席でエリンは言った。クリストはそう要求するに違いないから、先に話題にしたほうがいい。「わたしも賛成よ」

「双子をぼくの法定相続人にしたほうがいい」クリストはしかつめらしい顔で言った。

「ただし、そうするべきだから、そうするまでだ」

「わたしの話を信じるということ？」エリンは驚いて言った。

クリストは黙ってうなずき、コーヒーを飲み干した。ヌアラの病室に戻ると、医師の回診はすでに終わり、いつでも帰宅させていいと看護師に言われた。

ローカンはすでに祖母から、もうすぐ父親に会えると聞いていて、デイドラとエリンのテラスハウスの居間にクリストが足を踏み入れたとたん、緊張して落ち着きを失った。背の高い黒髪の男性を間近で見ようとローカンはスツールによじのぼったが、背丈があまりに違いすぎ、がっかりしてスツールから飛びおりると、今度はコーヒーテーブルに上がった。

「下りなさい、ローカン」エリンは注意し、母がヌアラを慰めているあいだに、ローカンが床にばらまいた雑誌を拾い集めた。「早くしなさい」

男の子を目にしたクリストは、腹を殴られたような気がした。黒い巻き毛といたずらっぽい黒い目をしたローカンは、写真で見たあの年ごろの自分に生き写しだった。まじまじと見つめているうちに全身をショックが駆けめぐり、彼は目の前の事実を認めるしかなかった。ぼくは父親だ。

「五まで数えるわよ、ローカン」エリンの緊張が高まった。「一……二……」

ローカンは逆立ちし、うれしそうにクリストを見てにやっとした。「パパもできる?」

身をかがめたクリストを見て、エリンははっとした。「ちょっと!」

ありがたいことに、クリストは逆立ちしようとしたのではなかった。かがんで息子をコーヒーテーブルから抱きあげ、足から床に下ろした。ローカンは興奮して叫んでいる。

「やあ、ローカン」クリストが淡々と言った。「おとなしくして」

残念ながらローカンは落ち着いていられる気分ではなかった。クリストに床に下ろされると、部屋のなかのあらゆる家具にすばやく登ってみせようとした。横にいたヌアラまでいっしょにはしゃごうとしだし、エリンはうめき声をあげそうになった。大事にならないよう、クリストが娘を抱きあげて言った。「ローカンに腕を見せてあげたらどうだい」

ヌアラは小さな口を尖《とが》らせ、ギプスを見せびらかした。「痛いの」ローカンが近づき、まじまじと眺めた。

「ヌアラは腕が痛いんだから、気をつけてあげないといけないのよ」エリンは体をかがめ、息子に言い聞かせた。

ローカンがうらやましそうにギプスに触れた。「ぼくも欲しい」

「外に連れていってエネルギーを発散させてやらないと」デイドラは、ローカンがソファから放りだしたクッションをクリストが元に戻しているのに気づいた。「あら、お気づかいなく。五分ごとに片づけなきゃいけないんだから」

エリンはあくびを嚙《か》み殺した。「公園に？　いい考えだわ。まず着替えてくるわね」

急いで上階の寝室へ行くあいだも、エリンはクリストがこの家にいるという事実がまだ信じられなかった。夢みたいだが、子どもたちが大騒ぎしているところは妙に現実的だった。クリストはあの子たちをどう思っているのだろう？　彼は好奇心を満たすために子どもたちを見てみたかったのだろうが、それ以上の興味があるとは思えなかった。

イギリスの春は気温が低い。エリンはジーンズと膝までのブーツ、ブルーのケーブルニットのセーターを選んだ。梳《と》かした髪を垂らし、人前に出てもおかしくない程度に軽く頰紅とマスカラをつけた。人前？　クリストのこと？　エリンは恥ずかしさに襲われた。どうしていつも、彼にどう思われるか気になってしまうのだろう？　つい先月、美人コンテストの女王みたいな金髪のモデルと写っているクリストを、ゴシップ欄で見かけた。彼といるのは、決まって交通を麻痺《まひ》させてしまいそうなゴージャスな女性ばかりだ。前妻のリサンドラも黒髪の美女だった。エリンはそういう女性たちの仲間入りをしたことは一度もなく、そのせいでクリストはエリンから興味を失ったのではないか、と思っていた。

でもそうではなかったのだ。エリンは悲しげに考えた。隠れてほかの男性とベッドをともにするような、ふしだらな女だと思われていたから捨てられたのだ。わかってよかったのか、悪かったのか……。

双子をひとりずつ連れて、二人で百メートルほど離れた公園まで歩いていった。クリストのリムジンの運転手は、彼に言われて車のチャイルドシートを買いに行っていた。ローカンは大股に、敷石のあいだの線だけを踏んで歩いていた。ヌアラは童謡を口ずさみながら、生け垣のそばを通りかかるたびに、両手いっぱいに葉をむしりとった。とうとうクリストが叱りつけた。「やめなさい！」

すぐさまヌアラは歩道に身を投げだし、足をばたばたさせて泣きわめいた。

「あなたがあんなこと言うからよ」エリンはいらだたしげにささやいた。「ヌアラは疲れていて、腕も痛いし、ご機嫌斜めなのよ」

「他人の庭を台なしにするのを黙って見逃せない」クリストはそっけなく言い、娘を抱きあげた。ヌアラは声をかぎりに泣き叫び、拳で殴りかかった。

クリストは二度ぶたれたところで、もう一度言った。「やめなさい」

「やめない！」ヌアラが癇癪《かんしゃく》を起こした。

エリンはひるんで娘の言うことに屈しないようにしたが、近隣の道路際の家の窓から人々が覗《のぞ》いているのに気がついた。

「滑り台をやりたい」ローカンが母のジャケットを引っ張って言いだした。「ぶらんこも」

「親というのはこういうものなのか」クリストはわずかに顔をしかめ、ぶたれた顎を動かしていた。挑みがいのある難問を心のどこかで楽しんでいるかのように、褐色の瞳が輝いている。

「ときどき手に負えなくなるの。いつもじゃないわよ」エリンは強調した。子どもたちが感情を爆発させてもあまり注目を集めない公園に、早く着きたかった。

下唇を突きだしてヌアラがクリストに言った。「下ろして」

「お願い、と言いなさい」クリストが言った。

「やだ！」ヌアラが叫んだ。

「では最後まで赤ん坊のように抱いていく」

ヌアラがまた騒ぎだす。エリンの隣を歩くローカンが楽しげにはやしたてた。「ヌアラは赤んぼ！」

公園の門にたどり着き、ようやく静けさが訪れた。

「お願い」口に出すのがつらそうにヌアラが言った。

クリストは娘をゆっくり地面に下ろした。

「パパなんか嫌い！」ヌアラが叫び、クリストの手を振りほどいて、エリンの空いているほうの手につかまった。「パパなんかいらない！」

答えようと口を開きかけたクリストに、エリンは口を挟んだ。「かまわないで……お願い」

いつものベンチに座って、エリンはほっとした。

「あの子たちを扱うには、気を散らして、妥協するのがいちばんなの。渡りあおうとしても癇癪を起こさせるだけよ」

「警告をありがとう。ぼくも癇癪を起こしたよ。養父母によれば、育てにくい子だったそうだ」

「そうでしょうね」エリンは笑いながら、そよ風になびく彼の緩くカールした短い髪をぼんやり見つめた。息子の髪とよく似ている。褐色の目と目が合うと、心臓をぎゅっとつかまれたような気がした。そして悟った。クリストから完全に解放されることは決してないのだ。単に彼の激しい気性を受け継いだ子どもを産んだからではない。彼の力強い性格、目的意識、粘り強さが好きだから。そして、手縫いの靴、金のカフスボタン、仕立てのいい高級スーツを着てひと晩過ごしたあげく、手入れのよくない公園の古いベンチに座っていても、くつろいで見えるところが好きだからだ。彼は尊大なところはあっても、順応性が高く、機知に富み、失敗から学ぼうとする。

「ぼくの結婚について話しておかなければいけないな」クリストが無表情に言った。

「別れた奥さまについて何も話してくれなかったわね」突然、立ち入った話題になったことに動揺し、エリンは力なく言った。ぶらんこで遊ぶローカンと、ギプスをラップで巻いた姿で砂場へ向かうヌアラを見守る。個人的なことをみずから打ち明けるのは、クリストらしくなかった。

「話す必要があったか？　結婚が続いたのはほんの五分くらいのもので、もう離婚しているんだし」彼はそっけなく言った。

「いまも友だちなの？」

「敵ではない」クリストは少し考えて答えた。「社交の範囲が別だから、ほとんど顔を合わさないが」

「結婚するのが早すぎて、あとから後悔したの？」エリンはこわばった声で尋ねた。「結婚する前に彼女のことをよくわかっていたの？」

「わかっていると思っていた」クリストは苦笑した。「そろそろ潮時だと思ったんだ。数年前から養父母に急《せ》かされていたからね。両親がぼくの人生に口を挟んだのはそれだけだったから、喜ばせてやりたかった。リサンドラとは両親が開いたホームパーティで出会った。ぼくたちはどちらも独身生活に飽き飽きしていた。そして三カ月後に結婚した」

「どうしてうまくいかなかったの?」エリンはささやくように尋ねた。クリストの顔に影が差している。

「結婚一年後、リサンドラは子どもを欲しがった。自然の流れだと思い、ぼくは同意した」整った口元がこわばる。「彼女は妊娠し、喜んでパーティを開いた。双方の家族も孫ができると大喜びだった」

「あなたは……どう思ったの?」エリンはためらいがちに尋ねた。

「うれしかったよ。リサンドラが関心を持てることができてよかった。彼女は飽きっぽい性格だったんだ。数カ月たち、リサンドラはおじけづいた」

「おじけづく?」エリンは眉根を寄せた。クリストの顔に抑えた険しさが漂っている。声は穏やかでも、内心はまったく違うのだ。

「結局、リサンドラは子どもを持つ心構えができていなかった。責任を負うには若すぎたんだ。彼女は身動きがとれなくなり、後悔の念と恐れを断ち切るには、中絶するしかないと思い至った」

息をつめていたエリンがはっと息をのんだ。「まあ、クリスト――」

「住みこみの手伝いを雇えば、子どもに束縛されることはないと言って思いとどまらせようとしたよ」深呼吸するクリストの目が後悔でくもる。「だが、納得させることはできず、彼女はぼくの出張中に中絶した。ショックだったよ。ぼくの養母は子どもが産めなかったんだが、話を聞いて神経症を患ってしまった。リサンドラの両親も嘆いていたが、娘の決断を支持した。何もかもが自分の思いどおりにはならないものだと娘を教育していなかったんだ……」

「それで、あなたは？」離婚の陰にこんな悲痛な話があったとは思いもせず、話をさせて申し訳ない気がした。

クリストは両手を合わせて肩をすくめた。「立ち直れないと思ったよ。母親に望まれていない子どもが生まれていたらどうなっていたかわからないと思ってみても、中絶した妻が許せなかった。どちらも努力したが、彼女は罪悪感を、ぼくは怒りをいだいた。結局、彼女が変わることはないだろうと思い、ぼくは離婚を申し出た」

「残念だったわね。心からそう思うわ」エリンは震える声で言った。喉がつまり、慰めるように彼の腕に触れた。「つらい経験だったでしょう」

「ローカンとヌアラを見捨てられないわけを理解してもらいたいから話しただけだ。きみが何か期待していたのなら、がっかりすることになるぞ」

エリンは青ざめた。彼は何が言いたいのだろう。彼がこれからどうするつもりか考えると、ひどく不安になった。

8

ロンドン随一の弁護士との話しあいのあとで、クリストが感じたのは無力感だった。

婚姻関係のない父親は、イギリスの法律では子どもに対してなんの権利もない。たとえ結婚していても、妻の同意がなければ、子どもとかかわるために裁判所で争わなければならないようだ。そしてクリストには、双子の養育についていかなる異議の申し立てをする根拠もなかった。彼が扶養にかかわっていないのに対し、子どもたちは現在、祖母の家で、母親の保護のもと、必要なものを適切に与えられて暮らしている。

〝そういう状況にある男性の救済手段は、双子の母親と婚姻関係を結ぶことです〟とあっさり言われた。

自分がコントロールできない状況を嫌うクリストにはありがたくない話だった。DNA検査は、ローカンとヌアラと出会って十日のうちに結果が出たが、すでに彼が認めていたとおり、我が子だと確認がとれただけのことだった。双子は自分の血を分けた子ども、軽くあしらえない絆《きずな》があるということだ。子どもたち抜きでは人生は送れない。エリンが最善を尽くしていたのは認めるが、双子がさらに成長する前にしっかりと境界を定めなければならないだろう。だが、受け入れがたいエリンの性質に目をつぶらなければならないのだろうか？　彼から盗みを働くような女に？

しぶしぶながら、初めて彼は自分の非難につじつまの合わない点があるのを認めた。もしエリンが金目当てなら、なぜつきあっていたころ、気前よくものを与える彼につけこまなかったのだろう？　金を貪欲に求める女が、どうして高価なダイヤモンドの宝飾品を受けとろうとしなかったのか？　クリストは、モビーラ・スパでエリンが働いていたころの帳簿の改竄《かいざん》について、新たな目で見直そうと決意した。おそらくマスコミが嗅ぎつけるだろうが、その前に、エリンと自分の困った現状のみならず、将来についても、しかるべき形で解決しなければならない。子どもたちに親の支えが必要なあいだ継続される取り決めも必要となるだろう。自分の思いが向かう方向が気にくわず、クリストはまた怒りを覚えた。

同じ日、エリンはサムと個人的な難題に取り組んでいた。サムのいままでの広いオフィスは、円滑な所有権移行を取り仕切っているドナキス・ホテルのスタッフに明け渡してあったため、サムとエリンは仮のオフィスにいた。売却は完了した。サムはホテル・グループと従業員に対する忠誠心から、いつでも相談に応じられるように出社しているだけだった。

サムは顔をしかめ、青い目にショックを浮かべた。「クリスト・ドナキスが双子の父親だと？」

「打ち明けなくてはいけないと思っていたわ。噂《うわさ》がお耳に入るという形ではなく、わたしの口から伝えたかったんです」エリンは緊張の面持ちで言った。

「だが、ここで顔を合わせたとき、どちらも知りあいだと言わなかったね」

「別れてからまったく会っていなかったの。それに、わたしは私生活を公開したくなかったんです」

傷ついた顔で見つめるサムに申し訳なく、エリンの顔は赤らんだ。「相手がわたしでもかね？」

「あの日、部屋に入ってクリストを見たときはショックで、頭がまともに働かなかったわ」エリンはすまなそうに言った。「ごめんなさい。あのあとで打ち明けるべきだったけど、ばつが悪かったの」

「いや、きみの言い分ももっともだ。私生活は公開するべきじゃない。ロンドンではクリストのところで働いていたんだね？」

エリンはうなずいた。「別れたときに辞めたの」

「きみの履歴書を見て気づくべきだったよ。ドナキスは、妊娠したきみをひどく傷つけたんだな」サムが乾いた声で言った。

「誤解があったんです」エリンは取り繕うような目で言った。「クリストは妊娠したことを知らなかったの。そのころから連絡をとっていなかったから」

「だが、きみは手を尽くして連絡しようとしたのだろう?」サムが思い出させた。

「どうしようもなかったのよ」

サムが憤然と鼻をふくらませた。「きみに地獄を味わわせたドナキスは許されたということか」

「そういうことではないのよ。クリストが子どものことを知り、二人で最善を尽くそうとしているの」

「また彼とつきあうのかね? だめだ。いや違う! わたしには首をつっこむ権利はないな」

エリンはイタリアでのことを思い出し、つい気持ちが表れてしまう目を伏せた。「どうお答えしていいか——込み入ってるでしょう?」エリンはぎこちなく冗談にまぎらわせた。

「きみにとって正しいことを祈るよ。またきみが悲しむところを見たくない」サムはしみじみと言った。「きみはドナキスにチャンスを与えたが、二度目のチャンスを与える価値があると誰に言えるかね?」

母はそう言っている。十分後、Eメールを確認しながらエリンは考えた。母にとってクリストは、ヨーロッパ一の名うての女たらしから、お気に入りに変わった。毎日訪ねてきて、双子に関心を示し、しかも礼儀正しい。子どもに関する知識が豊富な母にそつなく従い、外食をするときにはデイドラも誘うことが、効を奏したようだ。クリストは星のように輝き、点数を稼いできたわけだ。一方、エリンはこの新たな習慣になじめなかった。

クリストはもう恋人ではない。イタリアでの一夜限りの週末は、想像の産物のように思えた。クリストはローカンとヌアラに会いに来て、新たに手に入れたホテルに宿泊する。心の隙を見せないクリストに、エリンは胸の奥が痛んだ。こんな、言葉を選んで話す用心深い彼ではなく、かつての、待ちかねたようにエリンを出迎える、情熱的で表情豊かな彼を思い出す。いまのクリストは年を重ね、ずっと冷ややかになった。礼儀正しく思いやりもあるが、個人的なことは表に出さない。このあいだ公園で突如彼から打ち明けられたことが、いまだにエリンを悩ませていた。

妻の中絶でクリストは深く傷つき、子どもの意味をより深く考えるようになったのだろう。クリストは子どもたちと暮らすエリンにできるかぎりのことをしたいと思っている。訪ねてきたクリストは、子どもたちと遊び、いっしょに出かけ、ある夜など、仕事から帰ったままソファで眠ってしまったエリンの代わりに、子どもたちを風呂に入れる手助けさえした。彼は積極的に子育てに参加する父親であり、子どもたちはエネルギッシュなクリストが大好きになっていた。エリンは感激したが、こんな驚くべき心づかいがこの先どうなるのか、心配でもあった。

クリストはわたしに何を求めているの？　彼の役割を認めること？　それとも心の底に、もっと暗い意地の悪い計画があるの？　クリストは人の言いなりにはならない。彼にどんな計画があるのか、それが自分や子どもたちにどんな結果をもたらすのか、エリンにはわからなかった。とくに、クリストがいまだにエリンの品性を疑っていることが不安だった。そろそろサリー・ジェニングスと対決したほうがよさそうだ、とエリンは心を決めた。どうにかして窃盗の事実はないと証明しなくてはいけない。でも、サリーが話しあいに応じてくれるだろうか？　サリーには何も伝えず、ロンドンにあるクリストのスパへ会いに行ったほうがいいだろう。一日休暇を取り、エリンはサリーに立ち向かうことにした。うまくいくかわからなかったが、いまできることはそれくらいしか思いつかなかった。

翌朝、六時にベッドわきの電話が鳴った。眠い目をこすり、エリンは体を起こした。

「はい？」

「クリストだ、エリン」

「朝のこんな時間に、なぜわたしを起こしたの？」

「親しくしている副編集長からたったいま聞いたんだが、きみとぼくと双子の話が報道されるらしい。彼によれば、とくにたちの悪いタブロイド紙だから、きみやぼくの家族が読みたいと思うような記事ではなさそうだ」

エリンの表情が凍りついた。「でも、どうして？　誰がわたしたちのことなど読みたがるの？」

「エリン……」クリストはため息をついた。彼のほうが、仕事や社会的地位を守るため、タブロイド紙の注目を受け流したり丸めこんだりするのに慣れている。「ぼくは金持ちで、最近、離婚し……」

ローカンが寝室のドアから飛びこんできた。エリンの羽毛布団のなかに潜りこみ、彼女の腿に冷たい足をつけた。数歩遅れて、ヌアラが来る。

娘までベッドに飛びこみ、エリンは壁に押しつけられた。「それなら記事になることは、どうしても避けられないわけね」

「そうだ」クリストが答えた。「きみと子どもたちをそこから連れだし、パパラッチが近寄れないところへ行く。ぼくが父親だと発表する記者会見の準備をする。そうすればマスコミの興味は失《う》せるだろう」

エリンは深呼吸した。マスコミが玄関に現れるのはいやだが、クリストは深刻に考えすぎだという気がする。「仕事があるのよ。すべてを投げだして姿を消すなんて無理よ」

「無理じゃない。いまはぼくの下で働いているんだから。すぐに手配するから荷造りしてくれ。空港までの車を迎えに行かせる」

「まだ承知していないんだけど」

「きみと双子を守るためなら、ぼくはなんでもする」豊かな低い声が鋭くなった。「ほのめかし満載の記事は見たくない」

「つきあって、妊娠した。ありふれた話よ――」

「きみは既婚者の愛人だったと非難されるんだぞ。そんな記事が出るようでは困る」

エリンは怒りと嫌悪に襲われた。そんなことになったら屈辱的だ。「わかったわ。どこへ連れていくつもりなの？」

「ギリシアの、ぼくの島だ」

エリンは驚きに目をまわした。「まあ、自分の島があるの？」

「二十一歳のとき父からテソス島を相続した」

「前に話してくれたことはなかったわね」エリンはぶっきらぼうに言った。クリストについて知らないことは、ほかにどれだけあるのだろう、と思いながら、懸命に頭を働かせる。

「ねえ、何日かギリシアへ行くことが必要だと思っているなら――」

「思っている」

「先にサリー・ジェニングスと話す機会が欲しいの。いまもあなたのところで働いているのよね？」

一瞬、沈黙があり、そしてクリストが抑揚のない声で言った。「そうだ。現在はスパの副支配人だ。なぜだい？」

「サリーは有能よね？　わたしが働いているころはそうだったわ」エリンの口調はこわば

った。「空港に行く途中に寄るわ。わたしが行くことは知らせたくないの。双子はあなたのオフィスに預けるわ」

「その必要はない。ホテルのロビーで待ちあわせよう。だが、いい考えとは思えない。金がなくなったことを知っているのはごくわずかな人間だけだ。調査を慎重に進めてきたからね。これほど時間がたってからまたほじくり返すのはまずいだろう」

「わたしがギリシアへ行く代償だと思って」エリンはそっけなく言い返した。「行く前にロンドンでサリーに会うか、行かないかよ」

「それは脅――」怒りを抑えてクリストが言いかけた。

「脅迫だというの?」エリンはわざと優しい声で言った。「いまさら無駄よ。この方法を教えてくれたのは誰だったかしら?」

「スパで彼女に会わせてやれば、いっしょに来るんだな?」

「ええ、約束するわ」もうしばらく話してから電話を切ったあと、エリンは活力が回復したような気がして、双子をベッドから抱きおろし、着替えさせた。自分でなんとかしようにももう遅い。あくまで自分のやりかたを押し通すクリストが我慢ならなかった。でも、マスコミの関心の的になる危険を避けるため、わざわざ骨を折ってくれたことにはほろりとさせられる。ときにはお人好《ひとよ》しにもなるクリストなのだ。玄関に現れる記者や、実際よりもいやらしくあおろうとする下品な記事に、わたしが対応できないと思っているのだろうか？　それほどやわではない。これまで生きてきたなかで、エリンはパンチをかわす方法を学んでいた。それでも、クリストが所有する島に行くと思うとわくわくしてきた。ついにクリストの本当の我が家へ連れていってもらえるのだ。おおいに興味があった。

双子が朝食を食べているあいだに母が目覚めた。一時間もしないうちに娘が海外に出発すると知り、荷造りをしなさいとエリンを追いたてた。エリンは職場に連絡し、一週間休みを取った。

「クリストのご両親に会うことになるかしらね？」母が期待をこめて尋ねる。

エリンは、かつて電話の向こうで、自分が育てた息子にエリンはふさわしくないとはっきり言ったアポロニア・デネスと顔を合わせる気にはなれなかった。裕福な家に生まれたクリストは、同じく名門の出であるヴァソスとアポロニアのただひとりの子どもだ。クリストが五歳のとき、実の両親が高速ボートの事故で亡くなって孤児になり、二人が後見人になったのだ。ドナキス・グループで働いていたヴァソスは信望があり、クリストの名づけ親でもあった。デネス夫妻に実子はなかった。エリンは、アポロニアが神経症を患ったことがあると言っていたことを思い出し、電話で話したときは精神状態がおかしかったのだろうと考えた。そんなこともあり、できれば彼の養父母には会いたくなかった。顔を合わせる前からエリンを嫌い、認めてもくれない人の相手をしなくても、ただでさえつらい状況なのだ。エリンがクリストの子である双子の母親だという知らせは、困惑と不満を引き起こすに違いない。

ロンドンへ向かうリムジンのなかで双子はぐっすり眠った。目覚めてモビーラ・ホテルに入るころには、活力を取り戻し、飛び跳ねていた。エリンの不安はしだいにつのっていく。

「パパ！」ローカンは大きな声をあげ、母の手を振りほどいて走っていった。

「クリスト！」クリストからパパと呼んでほしいと言われても、ヌアラはそう呼ぼうとしなかった。

エリンはクリストに目をやった。隣にいるのは新しいホテルの支配人だろう。隠し子を出迎えるにはあまりに人目につく場所だから、迷惑がっているに違いない。ところがクリストの顔には、エリンが忘れかけていた、あの笑みが浮かんでいた。彼はローカンを抱きあげ、脚に抱きつくヌアラの巻き毛の頭を撫《な》でた。

目を見張るほどすばらしい、子どもたちの父親を見つめていると、エリンは胸の先が硬くなり、とろけるような熱い感覚が腰のあたりに広がってきた。ホルモンの働きが激しくなり、暴走しそうだった。

「ミス・ターナー」支配人が温かくエリンと握手した。「なんてかわいいお子さんたちかしら」

「ぼくたちがスパへ行くあいだ、ジェニーに頼んで託児所で双子を見てもらうことにした」クリストが説明し、若い支配人が笑顔でヌアラと話を始めた。

「ここに託児所を作ったのね」エリンは興味を引かれた。もともと提案したのは彼女だった。

「大評判ですよ」ジェニーがうれしそうに言った。「小さいお子さん連れのお客さまが多いので」

「すぐに採算がとれたよ」クリストは緊張したエリンの背中に手をあて、スパへと導いた。彼がいっしょに来ようとしているのに気づき、エリンはうろたえた。こうなるとは予想していなかった。威圧感のある彼がいると、うまくいきそうなものが台なしになってしまうかもしれない。

子どもたちが心配で、エリンはちらりと振り返った。ローカンはジェニーから渡されたおもちゃのトランペットで変な音を鳴らし、ヌアラは自分もそのおもちゃで遊ぼうとしきりに手を出している。

「本気でサリーと話したいのか?」思いとどまらせたいというような口調だった。「賛成しかねるな。そんなことをしても気まずいだけだろう?」

「すべてを知っているのはサリーだけなのよ。ほかに選択肢はないわ」エリンは張りつめた声で答えた。クリストの顔が近づいてくる。コロンの香りが誘うように漂い、エリンの緊張感は高まった。

「ぼくのためにするのならやめてくれ」クリストが唐突に言った。二人はサリーのネームプレートがついたドアの前で立ち止まった。「もうぼくにとっては関係ないんだ。もう過ぎたことだ。きみは若かった。犯した過ちからきっと学んだはず――」

「恩着せがましく言わないで、いやな男ね！」

「いやな男？」クリストが呆然《ぼうぜん》としていた。

「子どものそばで悪い言葉を使うなとしつけられていなかったら、もっと遠慮なくいろんな言葉を使っているところよ！」荒々しく言い、勢いがそがれないうちに急いでオフィスのドアノブを押し下げた。

サリーは、赤毛に青い目の長身の中年女性だった。デスクの奥に立ち、電話で話していた彼女は、エリンを見て凍りついた。それまでの表情豊かな顔がこわばり、見るからに色を失った。

「エリン、驚いたわ」大きく息を吸い、あわてて受話器を下ろすと、急いでデスクの奥から出てきた。「ミスター・ドナキスも……」

「これから話すことはここだけの話にしてもらいたい」クリストが静かに言った。

サリーは動揺したようだったが、笑顔を作った。「もちろんです、ミスター・ドナキス。お座りください。どんなご用でしょう」

神経は張りつめ、膝が震えていたが、エリンは手を握りしめて腰を下ろした。「覚えているわね。二年半前、スパの会計におかしな点があり……」

サリーは顔をさらに青くして、崩れるようにデスクの席に座りこんだ。「その問題なら、ミスター・ドナキスから内密にするように言われたわ」

エリンは無力感に襲われた。こんな無意味な対決をしようとしたのは間違っていた。いまさらサリーがボスの目の前で詐欺行為を白状するわけがない。「二人きりにしてもらえないかしら、クリスト」

「いや、まず話すことがある。ぼくは会計疑惑を洗い直すつもりだ」

サリーの顔がこわばった。「でも、ミスター・ドナキス、その件は終わったはずでは？もう充分だとおっしゃいましたよね」

「まだ充分ではない。最初の調査のとき、きみが力になってくれたから、専門家が帳簿を再調査する前に知らせておこうと思ってね」

サリーは気分の悪そうな顔になり、エリンとクリストを交互にぼんやりと見つめていたが、こう言った。「お二人はまたつきあうことにしたというわけね？」エリンへの態度は、まるでなじるようだった。「それで、わたしのことを話したのね？」

「何を話したと？」クリストがものうげに尋ねた。

クリストが思いがけず助け船を出し、サリーに嘘《うそ》をついていたと認めるように圧力をかけてくれていると気づき、エリンはいらだたしげに肩をいからせた。これまで自分の闘いは自力で闘ってきた。

質問に答えろとエリンに言わんばかりに、サリーは反抗的に口を結んで黙りこんだ。

「ここで働いているころ、サリーが倉庫から商品を盗んで、オンライン・オークションで売りさばいていると気づいたわ」エリンはかつて同僚として信頼していたサリーを見つめた。「二人だけの秘密だと約束したけれど、破らなくてはならない約束もあるのよ」

「きみが盗んでいたのか？」クリストはサリーをきつく問いただした。

サリーはあふれる涙を手で払い、ティッシュペーパーを片手できつく握りしめた。

「何を言おうと、未来永劫《えいごう》、きみを訴えることはない」クリストは険しい顔で立ちあがった。「最初に発覚した際、きみが正直に打ち明けなかったのは残念だが、エリンのために本当のことを話してもらいたい」

「訴えられることはないんですか？」サリーは不安げに尋ねた。

「訴えない。真実を知りたいだけだ」クリストが請けあった。

「エリンが辞めた直後、ある男が来ました」サリーは平坦《へいたん》な声で話しはじめた。「探偵だと名乗り、エリンの評判を落としてもらえれば、大金を払うと言ってきたんです」

「なんだって？」クリストが驚いて口を挟んだ。

「カムデンにある調査会社のウィル・グライムズという男でした。彼について知っているのはそれだけです。最初は断りました。話せる情報などないもの！」サリーは顔をしかめた。「あなたはただ一生懸命働いていただけだもの、エリン。でも、突然仕事を辞めた。それで、わたしは自分が抱えこんだトラブルから抜けだせると思ったのよ」

「ウィル・グライムズ」クリストが繰り返した。

「倉庫からものを盗《と》っているところを見つかったとき、じつはあなたに話した以上に、経済的に逼迫《ひっぱく》した状態だったのよ」サリーはこわばった顔でエリンに言った。「すでに何回か帳簿をごまかしていた」

「架空のエステティシャンに対する支払いや、明細記入請求書だね？」クリストが指摘した。

「はい。あなたが会計検査をすることになって、あわてました」涙ながらにサリーは打ち明けた。「そのころエリンはスパを辞めていましたから」

「わたしに罪をかぶせることにしたのね？」エリンは、なぜ探偵に目をつけられたのだろうと考えた。

「盗みをやめたかったのよ」サリーが必死で強調した。「悪いことだとわかっていたから。でも深入りしすぎていた。不正が発覚しても、わたしは普通の生活に戻れるように、あなたに罪をなすりつけたの。それで、いまも仕事を続けている。あなたならミスター・ドナキスが訴えることはないと思ったの。恋人を裁判所へ引きずりだすような人ではないから」

「その点はぼくを理解していたようだ」

「わたしを訴えますか？」サリーがおずおず尋ねた。

「いや。約束する。ようやく真実を打ち明けてくれてよかった」

安堵《あんど》のあまりぐったりしたサリーは、デスクに手をついて立ちあがった。「すぐに片づけて出ていきます――」

「いや、通常どおり、解雇通告期間は働いてくれ」クリストはエリンのこわばった肩に手を置き、ゆっくり立たせた。

「エリン？」サリーがぎこちなく息をついた。「ごめんなさい。あんなに親切にしてもらったのに」

エリンはうなずいた。笑って許そうとしたが、クリストに誤解され、どう思われたか考えると、口元は緩まなかった。サリーの告白を聞いて動揺を隠せなかった。サリーが好きだった。仕事を辞めたあと、連絡をとらなかったのは、妊娠し、生活が苦しかったからだ。それにプライドもあり、かつての職場の人たちとはつきあわなくなった。ちらりと見たクリストの横顔は青ざめてこわばっていた。

ドアを出るところでクリストが立ち止まった。「探偵から報酬をもらい、エリンが不正を働いたという偽の証拠を渡したのか？」

サリーは一瞬ひるみ、ゆっくりうなずいた。「それで疑いがそれ、新たに出直せたんです」

クリストは自分のまわりに巡らした堅固な壁が砕けるような気がした。被害妄想のエリンが、見知らぬ相手が陥れようとしていると、ただ言っているだけだと思ったが、事実だったのだ。めったに過ちを犯さないクリストが、驚くべき判断ミスをしてしまった。だが何よりもまず、誰が探偵を雇い、汚い手を尽くしてでもエリンをおとしめようとしたのか、それが知りたかった。

9

エリンは食欲はなかったが、クリストの自家用ジェットで出された昼食をつまんだ。名誉を傷つけたサリーに対する怒りはいまもおさまらなかった。エリンは社長の恋人だったから罪を免れた詐欺師だ、とほかに何人から思われているのだろう？　誠実に誇りを持って働いてきただけに、サリーがでっちあげた評判が腹立たしかった。

「話しあおう」クリストがそっけなく言った。

「あなたからその言葉が出るとは思わなかったわ」エリンは不機嫌に言った。かつて彼は、エリンが真剣な話をしようと言うと、典型的な男の反応を見せ、真っ先に部屋を出ていった。

隣のキャビンから、しゃべりながら遊ぶ子どもの声が聞こえてきた。黒髪のジェニーはホテルの支配人などではなく、じつはギリシアにいるあいだ双子の世話をするためにクリストが雇った子守りだった。

空港でそれを知ったエリンは抗議した。〝費用がかかりすぎるし、必要ないわ〟

〝きみが年じゅう無休で世話することはできない〟クリストがきっぱり言った。

〝どうして無理なの？〟

〝きみだって休んでもいいんじゃないか？〟横柄に彼は言った。

〝ジェニーを雇うのが親としての責任ある態度というなら、あなたは別のマニュアルを買ったほうがいいわ〟エリンはぴしゃりと言った。クリストが自分をさしおいてこんな取り決めをしたことがいらだたしかった。彼がローカンとヌアラの父親であるのは認めるが、意見を言う資格のない事柄にまで口出しされてはたまらない。ほかの働く母親同様、休みは必要ない。でも、リラックスして考える時間が持てると思うと引かれる気持ちもあり、エリンは後ろめたかった。

そしていま、二人のあいだに緊張が漂っていた。エリンはクリストを冷ややかな目で見た。「話しあいたいの？　あなたが裸で割れたガラスの上を這《は》いまわるとか、なんでもするというならいいわ」

クリストが一瞬にやりとし、おもしろそうに目を輝かせた。「そこまで期待するのは無理というものだ」

「だったら、謝罪は？」エリンは緊張のあまり口のなかが乾き、呼吸が速くなっているのを隠して、強気に言った。どんなに怒りを覚えていても、クリストのすばらしい外見に影響されずにいられないのが悔しかった。「ずいぶん時間がかかるのね！」

「ふさわしい言葉をひねりだそうとしていたんだ」

「辞書をのみこんだって、思いつかないわよ」

クリストは力強い顔をこわばらせて立ちあがった。「金を盗んだと疑ってすまなかった、かわいい人《クークラ・ムー》」

「疑ったんじゃないわ。決めつけたのよ！」

「警備担当チームがウィル・グライムズの件を調べている。なぜ探偵がきみに興味を持ったのかわからないんだ」クリストは考えれば考えるほど、自分の知っている人物がエリンをおとしめようとして探偵を雇ったとしか思えなくなった。だが、そんなことに誰が金を使う？ それに目的はなんだったんだ？ エリンは妻でも、婚約者でもなかった。なぜエリンを傷つけ、それによってクリストを痛めつけようとしたんだ？

エリンは反抗的に顎を上げた。紫色の瞳が爛々《らんらん》と輝いている。「わたしの被害妄想ではなかったわね。それについても謝罪してほしいわ」

クリストの顎がこわばり、瞳が光を放った。「いつまで待っても無理だ。二度と謝らないからな。きみがそんなにあからさまに求めなければ、平和的解決のためにぼくは低姿勢で謝罪したかもしれない。だが、ぼくもあからさまに言わせてもらおう。盗みを非難されたのは身から出た錆《さび》だ」

エリンは愕然《がくぜん》としてクリストを見つめた。畏《かしこ》まった謝罪を期待していたのに、まさに不意打ちだった。彼にそこまでは望めなかったかもしれないが、誤った判断を恥じ、エリンの傷ついた心をなだめてくれると思っていたのに。期待を裏切られ、怒りが頂点に達したエリンは、席を立ち、クリストに立ち向かった。「では、どうするつもり？」

「サリー・ジェニングスは勤続年数の長い立派な社員で、嘘《うそ》をつく理由はなかった。彼女が盗みの現場を捕らえられていたと知っていれば、ぼくは彼女の行動に注意していたはずだ」クリストはそっけなく言った。

エリンは身をこわばらせた。サリーに対する判断について言われると、立場がない。だが、そんな弱気をはねのけた。「サリーは自閉症の息子二人を抱えて離婚したの。当時は罰するより思いやりが必要だと思ったのよ」

クリストは舌打ちした。「思いやり？　当時わかっていれば、無能なきみを解雇していたよ！」

「無能？」エリンは耳を疑い、はらわたが煮えくり返る思いがした。

「そうだ」クリストははっきりと言った。「泥棒を権限ある立場にそのまま置き、誰にもその欠点を伝えない支配人をどう思う？」

「あのときは妥当な処理をしたと思ったのよ。いまから思えば、信頼しすぎていたと――」

「違う……甘すぎたんだ！」クリストは手厳しく言った。「思いやりを示すためにきみを雇ったのではない。生活が苦しい者は多いが、盗みを働く者は少ない。ぼくの仕事の一部を任せるためにきみは雇われ、きみには責任があった。お涙ちょうだいの話を聞いて、計算高い女の罪を免れさせるのが仕事ではない」

意志の力を総動員して、エリンは癇癪《かんしゃく》を起こさずに黙っていた。確かに彼の言うことはもっともだ。「いまならあんなことはしないわ。サリーが好きで、優秀な社員だと思っていたのよ。甘すぎたというのは、認めるわ」

「どうしてぼくに相談するか、経験豊かな人物に意見を求めなかったんだ?」クリストが不機嫌に尋ねた。「サリーの盗みを知ったとき、彼女がかかわった仕事を全部チェックし、商品や帳簿や金に手を出せない部署に異動させるべきだった」

説得力のある言葉を聞きながら、エリンは後悔するまいと、反抗的に顔を上げた。「そのとおりよ。でも、自分でなんとかできると思ったの。わたしには荷が重いと思われたくなかったのよ。でもあのころは働きすぎで、ストレスを受けていた。いまは副支配人と、どの部署にも管理職が少なくとも二人はいるみたいね。わたしには頼れる人がサリーしかいなかったのよ」

「だったらほかに助けを求めればよかったんだ」クリストが即座に言った。

「最大の過ちは、恋人から仕事を引き受けたことだわ。プライドがあり、有能だとあなたに見せたくて、がんばりすぎたのよ。周囲に経験豊富なスタッフは少なかったし、社長と親しいわたしはみんなから距離を置かれていた。仕事を軌道に乗せ、顧客を増やし、生産性を上げようと躍起になっていたの。それでサリーに頼りすぎたのよ。いまはそれがよくわかるわ」エリンは率直に淡々と伝えた。

「いまでは不適切な判断で被害をこうむったとわかっているようだな。サリーはためらいもなく自分の罪をきみに着せ、背信行為で金を得る機会に飛びついた」

「サリーがあなたもだましていたことをお忘れなく。あなたも彼女の説得力のある芝居を怪しいとは思わなかったんでしょう」

「きみから盗みの件を聞かされていれば気づいた。もう話は充分だ」クリストは有無を言わさぬ口調で言った。

「何もかもわたしのせいだという意見は、もう言いつくしたということ?」エリンは険しい目でぴしゃりと言い返した。〝無能〟というナイフのような言葉に深く傷つけられていた。「一年間、お金を盗んだとあなたに疑念を持たれていたと知ったのに、わたしには何も期待するなというの?」

「もっともな疑問が生じ、さらに、きみのホテルの部屋のベッドに男がいるのを目撃したから、きみのことを悪く考えたんだ」クリストのセクシーな口元が不機嫌に結ばれる。

「単純な説明がたいてい正しいと、よく言うだろう。今回は単純な説明が間違っていたが」

エリンは座席に深く沈みこんだ。「一夜のお遊びをしたという濡《ぬ》れ衣《ぎぬ》は晴れたのね?」

辛辣に言う。「トムの弟のデニスは、当時、十九歳だったわ」

「そう簡単にはいかない。もともと別の点から疑念が湧いていたんだ。島に着いたら話しあおう」クリストの言葉に当惑し、エリンの顔がしかめられた。「誤解したことは心からすまなかったと思う。三年前は深く調べなかった」

エリンは何も答えなかった。クリストはほかにどんな背信の証拠を持っているというのだろう? エリンにはさっぱりわからなかった。それに彼と意見を戦わせたせいで、さまざまな思いがあふれていた。クリストに言いくるめられたことがいらだたしい。だからサリーの盗みを発見したとき、彼に助言を求めなかったのだ。彼なら厳しい態度で臨み、警察に通報しただろう。販売店の警備に手落ちがあったから簡単に盗まれたのだ、とクリストから責められるのが怖かった。確かにわたしが間違っていた、とエリンは認めた。誤った判断が思わぬ形で自分に苦痛をもたらしたのだ。

小さい声で断ってジェニーと双子のところへ歩いていくエリンを、クリストはいらだたしげに見送った。エリンに真実を告げたのは正しかった、と怒りをこめて自分に言い聞かせた。エリンが自分の子の母親だというだけで、彼女の歓心を買うために自分を偽るようになってはおしまいだ。確かにあのときは衝動的に行動した。だが、あの災いを自分で招いたわけではない。三年前は重要な事柄をエリンに話さなかったが、今回は同じ過ちを繰り返すつもりはなかった。最低限の会話しか交わさないより、無遠慮にものを言ったほうがずっといい。

エリンは、テソス島へ向かうヘリコプターのなかで双子を退屈させないようにしながら、ひそかに心の痛手から立ち直ろうとした。空の上からクリストの島が美しく見えた。予想より大きく、島の南側には松が茂っていた。さらに遠くの海岸は宅地のようで、低層の建物がかたまって立ち並び、港のそばに小さな町が見える。そのうちにヘリコプターは水平飛行から木々の上を越えて地上へ降りはじめた。

クリストがエリンの腕から、眠っているローカンを抱きとった。着陸地点の二十メートルほど先に近代的で豪華な邸宅があった。建物の全面にバルコニーとテラスがあって陸と海が見渡せるようになっている。

「新築みたいね」エリンは言った。

「三年前、両親の家を取り壊して建てた。改装するより適切だった」クリストが淡々と説明した。

三年前といえば、まだ二人がつきあっていたころだが、エリンはクリストの島のことも、新築した家のことも知らなかった。彼が人生の重要な部分を隠していたのは、これが初めてというわけではない。でも、なぜなのだろう？　エリンが、家や親族を含めた彼のギリシアでの生活に引き入れてもらえるほど重要な存在ではなかったということだろう。何より別れて数カ月で彼はギリシア人の女性と結婚したのだからと思うと、エリンはつらかった。

黒髪をショートカットにした、温かな茶色の目の家政婦、アンドルーラが現れ、双子に優しく声をかけてから、エリンとジェニーを部屋へ案内した。すでにクリストの手で、子どもたちのために小さなベッドやおもちゃが揃《そろ》えられ、子ども部屋らしい装飾が施されていて、エリンは驚いた。眠そうな子どもたちを寝かしつけるのは有能なジェニーに任せ、エリンは自分の部屋を見てまわった。テラスに続く開いたドアから木々が見え、その向こうに白い砂浜と青い海が広がり、夕日が沈みつつあった。すばらしい景色だった。

「快適に過ごせそうかな？」

振り向くと、クリストがフレンチドアのところに立っていた。「当然でしょう？　こんなに豪華なんだもの」エリンは気づまりに感じながら答えた。

クリストは無表情なエリンの顔をじっと見て、荒く息を吐いた。「飛行機ではつらくあたってしまった。きみの思いやりのせいで、あの狡猾《こうかつ》な女性が、犯した罪の犠牲をきみに払わせたことに憤慨していたんだ」

「でもいちおう、片がついたわ。子どもたちの部屋の準備は行き届いているわね」エリンはいまだに消えない動揺を抑え、こわばった口調で答えた。「子どもたちのことを知ってすぐに手配したのね」

クリストがうなずいた。「テソス島に来られるか尋ねる前にね。いまでも考える前に行動するんだ」

尊大に決めつける力を握っているからでしょう、と言うのはやめて、エリンは顔を背け、テラスを囲む低い壁に肘をついた。イタリアでされたことに対して仕返しするつもりで来たけれど、クリストを怒らせ、傷つければ、子どもたちと彼の関係が損なわれると思うようになってきた。エリンとクリストの関係は、親としての絆《きずな》や責任感と絡んでいる。そのつながりを弱める危険を冒すことなどできるだろうか？

「ここの話をしてくれたことはなかったわね」

「きみを連れてくるつもりがなければ、話してもしかたないだろう？」彼は皮肉っぽくつぶやいた。「きみとつきあっているころは次の段階に進む心の準備ができていなかった。ただ関係を楽しんでいたんだ。突然、終わりになったが。すまなかった」

「謝る必要はないわ」エリンは歯に衣着せぬクリストの言葉に顔を平手打ちされたような気がして、屈辱に耐えた。どうして急にこんなことを言いだしたのだろう？　かつてエリンはクリストを愛し、彼との確かな未来を求めたけれど、彼はそう思ってはいなかった。それがわかったからといって、なぜショックを受けるの？　時がたち、もうクリストを愛していないのに。ただ彼に欲望を感じ、活力あふれる彼といることを楽しみ、企業家としての優れた手腕と知性と信念を尊敬するだけ。クリストの特質を列挙しながら、エリンは歯を食いしばった。どうして、もう自分とは関係ないことをくどくど考えているのだろう？　わたしはクリストの子どもの母親、ただそれだけの存在なのだ。

「あのころ……」クリストは、エリンのこわばった華奢《きゃしゃ》な背中や繊細なうなじを見つめ、苦しげに続けた。「ぼくは自分の気持ちがわからなかった」

「あなたに感情なんてあったのかしら」

「あったとも！」クリストは怒鳴り、エリンの肩に手を置いて振り向かせた。「きみがほかの男とベッドをともにしていると考えただけで胸が悪くなった。人生がめちゃくちゃになってしまったんだ」

「電話に出てもくれない男性の子どもを、妊娠してみるといいわ！」エリンが刺々《とげとげ》しく言い返した。

クリストの褐色の目がきらめいた。「知っていればあんなことにはならなかった。頭のおかしなストーカーみたいにきみを扱うはずがないだろう。今度アテネに行ったら、いまはそこで働いている当時の秘書のアメリアから話を聞くつもりだ」

「それでもあなたを許せないわ」

クリストは顔をこわばらせ、エリンをにらんだ。「妊娠がそんなにいやだったのか？」

「生活保護を受けなければならなかったのよ。あのころの苦労は忘れられないわ」彼女は正直に答えた。「住まいとしては快適とは言えない、じめじめした公営住宅の十階で暮らしていたの。訪ねてきた母がその暮らしぶりを見て、いっしょに住もうと言ってくれたのよ。未婚の妊婦というのも問題で、母はとても動揺していたわ。母は古風で、まともな娘なら薬指に指輪をはめるまで子どもを作らないと思っていたから、妊娠中は疎遠になったわ」

クリストの気懸かりは心からのものだった。「なんの支えもなかったのか？　友人は？　イレインから部屋を出ていけと言われたのか？」

「いいえ。自分で決めたの。家賃を払えなくなったから」悲しげに言う。「トムとメリッサはできるかぎりのことをしてくれたわ」

「メリッサ？」

「いまはトムの奥さんになっているわ。当時、二人はいっしょに暮らしていたの。あの二人ほどの友人はいないわ」

クリストが鋭いまなざしを向け、口を気むずかしげに結んでから言った。「ぼくは彼らに借りがあるんだな」

「そうよ」エリンはそっけなく答えた。「二人だって裕福ではないのに協力してくれたわ」

クリストのまつげが上がり、美しく輝く目が見えた。そこに怒りはなくなっていた。

「だが、子どもをこの世に送りだしてくれたきみに最大の恩義がある。感謝しているよ。きみが中絶しなくて本当によかった」珍しく感情が表に出ていた。

クリストの率直な言葉に気勢をそがれたものの、エリンの怒りはそう簡単にはおさまらなかった。「妊娠したとき、あなたに選択権があれば、中絶してほしいと言うのではないかと思ったものよ。以前、お友だちの恋人が妊娠した話をしてくれたわよね」

「賛成だと言ったわけではない。彼らにとってはよかったかもしれないが、ぼくは同じ選択はしない」

エリンは刺々しく言った。「後知恵でものを言うのは簡単よ。あなたはお荷物のない人生がいいとも言っていたわ」

「三年も前の行為でぼくを裁くのはやめろ。あれからずいぶん成長した」クリストが硬い声音で言った。

リサンドラとの結婚だわ。ほかの女性のせいで、尊大さが薄れ自制心が強くなったクリストが生まれたのだと思うと、悲しかった。でも、ローカンとヌアラを産んだことへの感謝の気持ちは伝わってきた。誠意が感じられた。そこに大きな意味があった。クリストは父親としての役割を熱心に果たしている。エリンを囲む防御の壁が崩れていった。

室内に入ると、大判の封筒が三つ、開封されてサイドテーブルに置いてあった。宛先はクリストと、ロンドンのオフィスになっている。「これは何?」

クリストはためらい、顔をしかめ、落ち着かない様子で歩きまわっていたが、ぴたりと足を止めた。「ここに来たら見せると言った証拠だ。なかを見てごらん」

「どうして? 何があるの?」

「ロンドンでぼくたちが別れる直前に、ぼくのところに送られてきた写真だ」

出てきた写真は、手をつなぐカップルのぼやけた写真だった。男性はエリンの友人、トム・ハーコート、女性はエリンだった。これまでトムと手をつないだことは一度もないので、彼女は驚いた。女性の体つきと服装をじっくり眺めた。あわててエリンはほかの写真も見てみた。同じ二人がキスをしている写真と抱きあっている写真だった。「顔はわたしかもしれないけれど、体は違うわ。メリッサよ。トムと妻のメリッサの写真なのよ。でも、女性をわたしのように見せるため、デジタル修整されている!」エリンは信じられなかった。

「修整だって?」エリンは隣に来たクリストに写真を広げてみせ、ひとつずつ指摘していった。「どんなふうに修整されているんだ?」

「写真の送り主は、わたしの顔をメリッサの体に合成したのよ」怒りをこめて説明する。「二人に共通しているのは金髪という点だけよ。このセーターは何キロ離れていてもわかるわ! これがわたしだと思うなんて! メリッサのほうが背が低く、百五十五センチもないわ。トムと並ぶとこの女性がとても小柄だと気づかなかった? それに、いつからわたしの胸はこんなに大きくなったの?」

写真を覗《のぞ》きこみ、クリストは類似点を調べた。「トムといるのはきみではない」うろたえたように言う。「なぜぼくは違いに気づかなかったんだ?」

答えを求めている質問ではなかった。「前に言っていたように、考える前に行動したからよ。でもあなたがこんなに秘密主義だったなんて信じられない！　この下品な偽の写真を三度も受けとったのに、わたしに何も言わなかったなんて。わたしとトムの友情を疑うのも不思議はないわ！」

思い返せば、それまでは出張中にトムと会ってもクリストはなんの文句も言わなかったのに、急に態度が変わり、ほかの男性と会うたび、根掘り葉掘りきかれるようになった。心配のあまりそんなふうに彼の気持ちが変化したのだと、いまになってようやくわかった。

でも、なぜクリストは黙っていたの？　いくら考えてもエリンにはわからなかった。悪意のある誰かが、エリンの信用を失墜させればクリストは彼女を捨てると考えたせいで、彼女はあれほど苦しんだ。事実、クリストはエリンと別れ、すぐにほかの女性と結婚した。そのとき受けた心の傷はいまも消えていない。クリストは簡単に関係を終わらせた。つまり、エリンのことは結婚するにはふさわしくない女だと思っていたのだろう。その証拠に彼は、自分と同じような生い立ちの裕福なギリシア人を妻にした。

「なぜ、わたしに写真を見せなかったの？」

クリストが歯を食いしばり、精悍《せいかん》な顔からは表情が消えた。彼は流れるような動きで何歩か離れた。黄昏《たそがれ》の光を受け、日に焼けた横顔の上で髪が黒々と輝いている。ときにクリストがはっとするほどハンサムに見えて、目が離せなくなることがある。失ったものを思うと、エリンは苦しくなった。

「プライドが高すぎたんだ」クリストがいらだたしげに認めた。「きみが浮気をしているのか、単にトムととても仲がいいのかわからなかった。考えがまとまらなかったが、きみの誠実さを疑い――」

「ホテルの部屋で見知らぬ男性がベッドにいるのを見て、浮気したと考えたのね」エリンは憤りをこめて言った。「どうしてわたしの立場を主張する機会を与えてくれなかったの？」

「いまもそれは後悔している」クリストが小声で認め、写真をまとめてひとつの封筒に入れた。「その結果を受けて、いま生きているんだ。そのせいでぼくは二年以上、子どもと過ごせなかった。ぼくたちの仲を引き裂いた人物を捜しだし、目にもの見せてやる」

「あのホテルの部屋でのことは不運な偶然だけど」あの手この手でクリストが疑うように仕向けた人物がいると思うと、エリンはぞっとした。「あなたがわたしの浮気を疑い、同じ部屋にいたくないと思ったことは、写真を見て理解できたわ。過去に恋人を怒らせたことはない？　嫉妬した女性はひどいことをするわ。ほかに時間と手間と費用をかけて、わたしたちを別れさせようとする人がいるかしら？」

「わからないが、なんとしても捜しだす」クリストは険しい顔で言った。封筒を放り投げ、彼は決意のこもる手でエリンを引き寄せた。

クリストの顔が近づいてくる。開いた唇に彼の唇が重なり、エリンの心がざわめいた。衝撃とともに体がかっと熱くなった。官能的な呼びかけに応じ、恥ずかしげもなく胸が尖《とが》る。満たされない下腹部のほてりを抑えようと、彼女は腿をぴったり閉じた。「きみとやり直したい」クリストが感情もあらわにささやき、頬に息がかかった。「ごたごたはすべて忘れよう」

「そのごたごたのせいで、わたしの人生は台なしになったのよ」涙が目を刺す。エリンはかたくなな態度で言った。突然、わけもわからず無力感を覚え、自信が持てなくなった。〝きみとやり直したい〟などと言われるとは思いもよらず、答えが浮かばない。

「二人とも失敗したんだ」重々しく言うクリストの頬がこわばり、いつにも増して険しく見えた。「過去は変えられないが、再出発できる」

エリンは緊張がうかがえるクリストの顔を見あげた。「そうかしら？」

彼は片手でエリンの頬に触れ、不安げな彼女を金色に燃える瞳で見つめた。「できるさ」きっぱりと言い、もう一方の手を彼女の腰にまわして引き寄せた。

信じたかった。クリストが戻ってほしいと言っている。いまも彼はわたしを求めている。安堵《あんど》の大波がエリンの全身でうねり、喜びがあふれだした。クリストの目が官能的に輝き、たくましい体がエリンと溶けあった。手に負えないほどの欲望の炎が燃えさかる。彼の体の熱気を感じ、肌のかぐわしい香りを嗅ぎ、押しつけられる高ぶった体に誘われる。エリンのつやめく唇に彼の唇が重なり、二人はいっしょに官能の世界へと踏みだした。

もどかしげに荒々しくブラウスが脱がされ、甘い胸のふくらみをクリストの口が覆う。

「美しい。きみは完璧だ」

「完璧ではないわ」そう言うエリンをクリストは抱きあげ、ベッドに寝かせた。隠せない焦燥が感じとれ、エリンはたまらなくなった。

むさぼるような情熱的なキスで何も言えなくなる。硬くふくらむ胸の先を口や指でもてあそばれ、クリストの持ち前のたぎりたつ官能にあえぎながら、エリンはとりこになっていった。残りの服も脱がされた。クリストも急いで服を脱ぎ捨て、興奮した体がまた我物顔に押しあてられる。エリンが胸の鼓動を速めながら彼の下腹部に触れると、彼はうめき声をもらし、腰を浮かせてエリンを求めた。彼女が手を引っこめるなり、クリストは彼女を枕に押しつけ、敏感になった秘めやかな部分をじらすように優しく撫《な》でた。エリンは耐えきれないほどの歓喜の波に流され、触れられるたびに燃えあがり、高まる期待にむせび、身もだえした。そして、ついにクリストがエリンの奥深くまで体を沈めてきた。

喜びの言葉をささやかれ、エリンの体は彼を包みこんだ。クリストが体を引き、また深く身を沈めてくる。歓喜のさざなみがしだいに高くなり、エリンの腿の付け根で燃えさかる炎がますます熱くなる。二人は同時にクライマックスを迎えた。

いつになく黙ったまま満足げに横たわるクリストを両腕で包みこみ、エリンはこの上ない喜びを噛《か》みしめた。

「とても……よかったよ」クリストがかすれた声で言い、自分のものだと言わんばかりに、エリンの汗ばんだ体を引き寄せた。「なぜこれまでずっと、きみに触れないつもりでいたんだろう」

「わたしはノーと言うべきだったのよね」陶然とした目でクリストを見つめながら、エリンは嘆いた。「あなたはイタリアで、わたしを脅してベッドに引き入れた――」

「きみはぼくを求めた」赤みを増したエリンの唇にキスをしながら、クリストが言った。彼は目を輝かせて、エリンのほてった顔を満足げに見つめた。「ぼくもきみが欲しかった。またいっしょにいられるよう、ぼくは問題を回避する方法を見つけたんだ。きみが本来の居場所であるこの腕のなかに戻ってきた。後悔しているなどと言えば嘘つきになる」

「結果さえよければ、どんな手段でも許されるというの?」

「きみもぼくが欲しかった」クリストが自信ありげに言った。「ぼくたちはいっしょに燃えあがるんだ」

そのとおりだ。狂おしいまでの欲求が満たされたばかりなのに、男らしいクリストの体に触れるたび、また新たに官能が目覚め、震えずにいられなかった。クリストの歯が首筋を這っていくと、胸から熱いものが流れだしてエリンをとろけさせ、体が震えた。彼はエリンを自分の上に引きあげ、まつげの奥に激しい喜びを隠してじっと彼女を見つめた。

「結婚してくれないか？」緊張した声がささやいた。

エリンは目を見開いた。空耳だろうか？

「いいタイミングだと思う」エリンの腰をしっかりつかんで自分の上に優しく持ちあげ、興奮を誘う抑えたリズムを刻みながら下へと下ろしていく。「笑わないでくれ……」

「笑ったりしないわ」むっとしてエリンは言い返し、当惑の目で彼を見た。「本気なの？」

「きみと子どもたちをきちんとした形でぼくの人生の一部にしたい」クリストの体の上でエリンが円を描くように小さく動くと、彼の息がはずんだ。エリンの垂らしたつややかな髪のあいだから、誘うように胸の先端が顔を覗かせる。「それがいちばんだと思う」

しばらくして、歓喜の渦に巻きこまれながら、エリンは彼の言うとおりだと思った。彼女は緊張を解いたクリストの腕に抱かれ、湿り気を帯びた温かな彼の香りに溺れた。クリストがわたしを、子どもたちを求めている。これ以上の何があるの？ 愛？ クリストが愛を示してくれたことはなく、これからもないだろう。手に入らないものではなく、望めるものに目を向けたほうがいい。以前プロポーズしてくれなかったことは問題ではないはず。最初に口説こうとしていたときは別だけど、クリストはもともとロマンティックなことをする性格ではない。現実的なのだろう。惹《ひ》かれあう二人が結婚し、ともに子どもの世話をするのは理にかなっている、とエリンは悲しげに認めた。でも、一度不幸な結婚をしたクリストが自由を諦めようとしているのは驚きだった。

ている」

「本気で言っているの？」

クリストの黒いまつげが上がり、冷静な目が向けられた。「自分の気持ちはよくわかっている」

「わたしたちが家族になるということ？」

「毎朝、きみのそばで目覚めるようになるんだろう？」彼はからかうように片方の眉を上げてみせた。「ぼくの望みはそれだけだ」

翌朝、二人のベッドに小さな双子が潜りこんできたときも、エリンはまだ考えていた。クリストは大あわてで、子どもの前で恥ずかしくないようにボクサーパンツをはき、二人のあいだに入りこんで壁を作った双子を見つめた。

「ママのベッドで何してるの？」ローカンが興味津々の様子で尋ねた。

「もうすぐきみのママとぼくは結婚するんだ」クリストが即座に答えた。

エリンはうろたえた。「まだ承諾していないわ」

クリストは傷ついたように彼女を見たが、その目は愉快そうに躍っていた。「きみはゆうべ、ぼくを立派なことをする正直者にしてくれるつもりもなく、繰り返し誘惑していたというのかい？」

からかわれてエリンは顔を赤らめた。疲れた体の痛みが教えてくれた。クリストは、彼女がシーツの上で示した情熱で、求婚が受け入れられたと確信したのだ。「いいえ、そういうことじゃないわ」

「では、挙式の準備を進めていいね？」

クリストの花嫁になると思うと体が震え、エリンはためらいがちにうなずいた。「まず試しに、いっしょに暮らしてみるべきじゃない？」

「だめだ。きみが心変わりするかもしれない。試すという案は却下だ。もっと大切なことは、そろそろぼくの両親にきみと双子のことを話す時期だと思う。ほかから聞かされるのは避けたいからね。朝食のあと、会いに行ってくる」

「この島にお住まいなの？」なぜクリストがテソス島にエリンを連れてこなかったのかがわかった。

「別荘があるんだ。いま、こっちに来ている」

「ご両親はどんな反応をするかしら？」

「母は大喜びすると思う。子どもが大好きだから」

「わたしのことはそんなに好きではない？」エリンは不安げに言い、双子に続いてベッドを出た。

「妊娠中に電話で母と話し、いい印象を受けなかったそうだが、行き違いがあったのだろう。母がきみに悪意をいだく理由がない。きみのことは何も知らないんだから」

四人で楽しくテラスで朝食をとり、そのあとクリストは両親を訪ねるために出かけていった。エリンは水着に着替え、荷物をまとめて、子どもたちを連れて海岸へ行った。時間がゆっくり過ぎていく。クリストは両親にどんなふうに迎えられているのだろう、とエリンは不安になった。両親といっても養父母だ。以前見た、壁に掛かった写真のなかで、ヨットの甲板に立っていた若い夫婦がクリストの実の両親だろう。海岸から戻ると、くたびれた双子をジェニーに預け、エリンはシャワーを浴びた。母に電話をかけて島や邸宅の様子を伝え、そして結婚すると打ち明けた。母は大喜びした。

図書室で本を選び、木陰の長椅子でリラックスしながら、エリンは昼食まで読書を楽しんだ。ぽかぽかした陽気にうつらうつらしていると、かすかに物音が聞こえ、そばに人がいると気づいた。エリンはサングラスをはずして起きあがり、険しい顔をしたクリストを見た。眉間と口元にしわが寄り、黒い髪が乱れ、口元は固く結ばれている。

「どうしたの？」エリンは心配そうに尋ね、時計を見た。午後二時。彼が出かけてから何時間もたっている。

エリンは腰を下ろしたクリストに近づき、においを嗅いだ。「お酒を飲んでるの？」

「ヴァソスと医者を待ちながら二、三杯飲んだ気がする」クリストはささやくように答えた。「午前中は大変だったから、よく覚えていない」

「お医者さまって誰のために？」

「母だ」

「アポロニアが病気になったの?」

驚くエリンにクリストが答えた。「母だったんだ……探偵を雇ったのは。信じられなかったが、母がいろいろなことを知っていたから、納得できた。父は何がなんだかわからず驚いていた」

エリンは困惑した。「いったいどういうこと?」

「母がウィル・グライムズを雇ったんだ」

その事実を知ってクリストがどんなに動揺したか、エリンにはわかった。感情がむきだしになった目に悲しみをたたえた彼を、エリンは抱きしめてあげたかった。彼は育ててくれた養父母を深く愛していた。こんなふうに傷ついたクリストを見るのはつらかった。エリンはプライドのために自分自身を偽り、防御を固めてきたが、このときすべてが吹き飛んだ。事実を認めるしかなかった。わたしはいまもクリストを愛している。そして、愛するのを決してやめはしない。

10

「アポロニアはぼくの友人から話を聞いて、ぼくがきみと一年ほどつきあっていると知った。ずっとぼくの身を固めさせ、家族を持たせようと夢中になっていた母は、きみがその妨げになっていると思いこみ、ほかのギリシア人女性と結婚させようと躍起になった」クリストは大きくため息をつき、エリンの正面に座った。エリンはじっと彼を見つめていた。「母は探偵を雇ってきみを調べさせ、そして、どんな手段でもかまわないから、ぼくたちを別れさせたらボーナスをはずむと持ちかけたんだ」

「そんなばかな」話を聞かされて、エリンの頭は混乱した。「あなたはもう大人よ。どうしてお母さまはそんなふうに干渉したの？」

「アポロニアはぼくの将来の幸せのためにやっていると信じきっていたようだ。ぼくやきみがどう思うかとか、どれほど傷つくかなどということは、頭になかった。気づいたときには手遅れだったようだ」

「お母さまがしたと、あなたはなぜ知ったの？」

「きみと双子のことを話すと、母はいきなり、きみはスパから金を盗んだ女だと侮辱した。それで疑念が湧いた。ぼくは母にその話をしていないからね。探偵から聞いたんだろう。きみがぼくの子を産んだと知ると、母はショックを受け、すべてを打ち明けた。父のヴァソスは驚き、なんてことをしたのだと母に……」

「わたしは泥棒ではないとお母さまに話してくれた？」エリンは悲しげに尋ねた。

「もちろん。母は探偵からどんな手を使って別れさせたのか聞いていなかった。汚い手口を細かく知りたくはなかったのさ。首尾よくいったと報告を受け、母はリサンドラをディナーに招いて、ぼくの鼻先にぶらさげたというわけだ。母に、合成写真の件や、きみが盗んだと証言してサリーが報酬をもらったことを伝え、二週間前に出会うまでローカンとヌアラとぼくが他人の状態だったのは、母のせいだと言った。きみから電話をもらったことを母は覚えていたよ。きみが泥棒だと思いこみ、悪い女性の影響から息子を解放するのが母の務めだと、干渉を正当化していたんだ。そんな弁解が成り立たなくなり、母は取り乱した。ヴァソスが母を怒鳴りつけ、大騒ぎになった」クリストはうめき、いらだたしげに長いまつげを伏せて一瞬目を閉じた。「結局、医者を呼んで鎮静剤を打ってもらった」

「なんてこと。あなたが離婚してお母さまが神経衰弱になったのは、この一連の出来事のせいなの？」

「そうだ。当時は誰も気づかなかったが。母はリサンドラと結婚させようとしたことを悔いていた」

「悪くとらないでね。いまのアポロニアは、まるで地獄から来た義母ね」エリンはすまなそうに言った。

「真実が表に出てよかったと思う」クリストはものごとのいい面を見ようとしているようだ。「探偵をこっそり手配したことで、母は良心の呵責《かしゃく》を感じ、それが神経衰弱から立ち直る妨げになっていたのだろう。いまも不安定だが、慢性的な症状は見られなくなっている」

「あなたの秘書も探偵とかかわっていたから、わたしの電話や手紙があなたに伝わらなかったの？」

クリストがため息をついた。「きみはストーカーだから、うるさい手紙や電話を取り次がないでほしいと母が秘書に指示したんだ。秘書はぼくのためにやっていると信じていたんだろう」

「ひどい！」エリンは怒りを吐きだしながら立ちあがって歩きだし、そして振り返った。

「あなたと連絡がとれなかったのも無理はないわ！」

クリストは、赤いビキニを着たほっそりとしたエリンの、繊細な曲線を描く体に見とれていた。「これで万事解決だとすれば、今回のことで予期せぬ影響を受けていちばん苦しんだのは母だろう」

胸にそそがれる熱いまなざしに気づくと、エリンは顔を赤らめて腕を組み、視線をさえぎった。クリストに見られるだけで、体が自然と反応するのが情けなかった。「あなたはどうするつもり?」

「母が初めて持つ孫はきみが産んでくれた。もしきみがぼくの子を宿していると知っていれば、母はきみを排除したりせず、できるかぎり支えになっていたはずだ。きみが孤独に耐えていたと話すと、母はさらにすまながっていた」

「それで、これからどうするの?」

「村へ行き、司祭に会い、婚姻の書類を整える」

「この島で結婚したいというの?」エリンは驚いた。

「きみのお母さんや、出席してほしい友だちを呼び寄せる飛行機を手配する」いくら言って聞かせてもなんの反応もないと見るや、クリストは立ちあがって言った。「ぼくたちは離れているのが長すぎた。結婚までまた長々と待ちたくないんだ」

「そんなに早くものごとが進むなんて思ってもいなかったわ」エリンは態度を決めかねていた。「ここに来ることに同意したときは、あなたが心配していたから、ほんの一週間マスコミから逃れるだけのつもりだったのよ」

ほほ笑みが浮かび、険しかった彼の口元が緩んだ。「それ以来ぼくたちの仲はすっかり変わった」

寝室で変わったのだ。クリストのたぎりたつ渇望にエリンはあっけなく屈服してしまった。断るべきところを承諾し、クリストのありあまる欲求にゴーサインを与えてしまったのだ。

「実の親のことはほとんど覚えていない。壁に飾られた写真があるだけだ」クリストがこわばった口調で言った。「人生の最初の五年間、ぼくは子守りに育てられた。忙しい父母を邪魔してはいけないとつねに言われていた。両親はぼくに興味がなく、かまう時間などなかった」

エリンは顔をしかめた。「それで……？」

「普通の家庭や親がどんなものなのか、ヴァソスとアポロニアに引きとられるまで知らなかった。養父母はぼくと過ごし、話し、わずかな成長にも興味を示し、愛してくれた。ぼくはあの二人に恩がある。ローカンとヌアラに同じことをしてやりたい」

寂しい幼少期を送ったことを知り、クリストの態度が理解できた。エリンの子ども時代も揉《も》めごとが絶えず、不安定だった。クリストと結婚するのは正しいことだわ、と彼女は思った。子どもにはつねに父親がいるほうがいいし、幸せな家庭生活を送ってほしい。クリストはそれを与えると言っている。エリンと同様、彼もそういう生活を重視しているのだ。その一方で、もし双子がいなければ彼は結婚を望まなかったと思うと、エリンはつらかった。子どもに対する愛と同じくらい、彼女を愛しているわけではないのだ。

その夜、サム・モートンから電話があった。「お母さんからきみがギリシアにいると聞いて驚いた」

「わたしたち、結婚するんです」

「お母さんからそれも聞いたよ。子どもとかかわりたいなら、ドナキスにとってそれがいちばん無難な方法だからな。彼は家族法を専門とするロンドンの専門家に、自分の立場を相談したらしい。気をつけなさい、エリン。ギリシアの法律では、彼は子どもの親権を自分のものにできるんだよ」

エリンの血が急に冷たくなった。「わたしを怖がらせようとしているの？　わたしたちは離婚ではなく、結婚するんですよ」

「いま、ドナキスにとって、結婚することがいちばん都合がいいんだろうが、三年前はきみとの結婚に見向きもしなかったことを忘れてはいけない」

悲しいけれどそれを忘れたことはなかった。クリストは法律家に相談していたの？　サムはどうやってそれを知ったの？　おそらく法曹界に共通の知人がいて、話が伝わったのだろう。心配するべきなのだろうか？　自分が父親だと知り、クリストが助言を求めるのは当然だ。でも、エリンは胸騒ぎを抑えられなかった。

「クリスト」その夜、ここまで彼を信頼するのは軽率なのだろうかと思いながら、エリンは彼に言った。「結婚式までひとりで寝てはいけないかしら？」

クリストが顔をしかめた。「きみにとってそれが大切ならかまわないが」

「結婚式の数日前に母が来るから、そのほうが気が楽なの」ぎこちなくエリンは言った。

一週間後、クリストとエリンは港を望む小さな教会で結婚した。エリンはアテネのデザイナーから取り寄せた、白いレースのドレスを着た。袖を細く仕立てた、華奢《きゃしゃ》な体を引きたたせるデザインのドレスだ。母は子持ちの女性が真っ白なドレスを着ることに難色を示したが、エリンとしては、この特別な日に子どものころからの夢をかなえてもなんの問題もないと思った。クリストを愛し、明るい未来が待っていると信じていたからだ。

ギリシア正教会の長く黒い祭服を着た顎髭《あごひげ》の司祭が伝統にのっとり、意義深い式を執りおこなった。二人を祝う人々と花で教会はあふれ返った。香の香りと、エリンが頭にのせたオレンジの花輪の香りが混じりあう。何もかも目新しく、エリンの心を強く捕らえた。クリストとつないだ手も、金色に輝く彼の瞳も、神経質になっていることも。いっしょになる運命だったのだと初めて思えた。エリンは、彼とリサンドラとの結婚について考えてしまう悲観的な気持ちを払いのけた。クリストに過去へのこだわりはうかがえなかった。

結婚式を迎えるまでのあわただしさは尋常ではなかった。まず、ヌアラをアテネの病院へ連れていき、腕のギプスの検査をした。幸い経過はよく、ヌアラが新しいギプスをつけたいとねだることもなかった。それからウエディングドレスを購入しに行った。翌日、双子を見に来たクリストの父、ヴァソスと初めて対面した。妻がクリストの私生活に干渉し、悲惨な影響を与えたとあって、最初、彼は緊張し無口だったが、しだいに戸惑いは消えていった。息子の家でくつろぐ彼をエリンは好きになった。養父の会社は倒産の危機に瀕《ひん》しているが、息子からの経済的援助を断ったと聞かされ、クリストの信条が誰から学んだものなのか理解できた。エリンを脅してイタリアへ来させたときのように、彼の怒りっぽい性格が信条を凌駕《りょうが》するときがあっても、クリストが良心を重んじ、それに従っているのはわかっていた。

クリストと養父のために、エリンは彼の養父母の郊外の別荘へ子どもたちを連れていくことにした。鬱状態の治療を受けているアポロニアは、双子を見て驚き、涙を流して、三年前に自分がしたことをぎこちなく謝った。クリストを心から愛し、ローカンとヌアラに会えて喜んでいることは明白で、エリンは哀憐《あいれん》の情を誘われた。アポロニアを許せるようになるには時間がかかるが、努力しようとエリンは思った。

その午後、クリストはずっと双子と過ごした。関心を向ける彼に応える子どもたちを見守っていると、活力あふれる扱いにくい三人の性格が驚くほど似ていると気づき、エリンはクリストとの結婚が正しい道だったとしみじみ思った。ローカンはすでに、父がだめだと言えば何があってもだめなのだと学び、ヌアラの癇癪《かんしゃく》はしだいに減っていた。初めてヌアラから〝パパ〟と呼ばれたとき、クリストは、まるで宝くじに当たったような気がしたとエリンに打ち明けた。

エリンの母はトムとメリッサとともにテソス島に来ていた。サムはクリストからの招待に欠席の返事をよこしたが、豪華なお祝いを贈ってくれた。結婚式の前日、クリストはみんなをヨット遊びに連れだした。彼は上機嫌で、主人役《ホスト》としてもてなした。これはお祝いなんだわ、とエリンは思った。クリストは結婚するのがうれしいのだ。式まで別の部屋で寝ると言ったことを悔やみながら、彼女はその一週間を過ごした。二人の関係を特別に深める触れあいが恋しく、自分が要求したことのせいでクリストが見せるようになった隔りが気にくわなかった。彼は細心の注意を払って距離を置くようにしていた。早朝、目を覚ましたベッドの上で、エリンの体は満たされないもどかしさにほてることがあった。思いきってクリストの贅沢《ぜいたく》な主寝室へ行こうかしら、とまで考えた。どうして彼を求める自分を罰しようとするの？　なぜ、サムのひねくれた言葉に耳を貸し、クリストの誠意に疑念をいだくの？

教会から帰る車のなかで、クリストはエリンの手を取り、指に輝く真新しいプラチナの指輪に触れた。「これできみはぼくのものだ」

「それって野蛮な男性のものの考えかたね」

「招待客をもてなす前に、きみを上の階へ連れていけば、もっとそれらしくなるんじゃないかな?」クリストの輝く目で心を焼かれ、セクシーな気分になってどぎまぎし、エリンは真っ赤になった。

「あなたが怖いわ。本当にそういうことができるんだもの」エリンは切ない声で言った。

「きみをイタリアに来させたときのぼくは野蛮人だった」クリストは苦笑した。「きみのこととなると、おかしな行動をとってしまう。イタリアでいやなものを忘れるつもりだったんだが――」

ぼんやりとした目でエリンは彼を見た。まっすぐ寝室に連れていってくれたら、わくわくするだろう。そんなことを考えてはいけないけれど……。そこが問題なのだ。クリストは野蛮な考えの持ち主かもしれないが、そんな彼が好きで、心のどこかで反応してしまう。エリンは彼の欲望の対象であることがうれしかった。

「いやなものを忘れるって?」エリンは尋ねた。

「きみのことや二人でベッドですばらしいときを過ごしたことが頭から離れなかった。きみに会い、またベッドに入れば、きっと失望し、自分のなかからきみを追いだせると思った。ところが、実際はどうだった?」クリストは自嘲した。「あれからほんの三週間で、結婚したんだよ!」

「あなたとリサンドラもさっきの教会で結婚したの?」好奇心を抑えられず、エリンは尋ねた。

「もちろん違う。アテネの社交界の面々を呼んで大がかりな式を挙げたよ。リサンドラは人目を引くのが好きだったから」

「ここの教会の素朴な結婚式はよかったわ」

クリストが口元をゆがめた。「きみとリサンドラはまったく違う」

後悔しているのかしら？　エリンは心のどこかがちくりと痛んだ。高級雑誌の写真で見たリサンドラは、エリンとは比べものにならないほど洗練されていた。世間では、エリンを選んだクリストの結婚は〝格が下がった〟と思い、彼が双子の父親と知って、また別の解釈をするだろう。でも、それがどうだというの？　わたしはそんなことで傷つくほど過敏ではない。世界は愛ではなく、その場の都合でまわっている。彼から愛してもらう必要はない。きっとわたしにはクリストの愛をかきたてるものがなかったのだ。そうでなければ、最初に出会ったときに彼はわたしと恋に落ち、すべてが輝いたはずだもの。

「きみは、あんなことをした母を訪ね、今日という日に列席を許し、家族として接してくれた」クリストがぎこちなく言った。「リサンドラなら母を許さなかっただろう」

「わたしだって許したわけじゃないわ」

「だが、努力している。感謝しているよ」クリストは静かに言った。「ぼくたちの生活から母を締めだして、仕返しすることもできるのに、きみはそうしなかった。きみはとても寛容だ」

「お母さまは自分のしたことを心から悔いているわ。誰でも過ちを犯すものよ」

クリストはエリンの手を取り、片手で彼女の頬に触れ、むさぼるように唇を重ねた。震えるエリンの体に彼のエネルギーがそそぎこまれた。「きみの化粧を崩してしまった」クリストがふっくらしたエリンの唇にささやいた。

「かまわないわ」エリンは息を切らして答えた。胸をときめかせ、きらめく目で彼を見あげる。

口紅を直せるように、クリストがティッシュペーパーを手渡した。「招待客が待っている。だが、その前に……きみにあげるものがある」

エリンは、手渡された小さな宝石箱を開いた。ぐるりとダイヤモンドが並んだエタニティリングだった。「クリスト、すてきだわ。でも、わたしはあなたへの贈り物を用意していないわ」

「きみがベッドに戻ったことが贈り物だ」ものうげに彼は答えた。

燃えるまなざしでそう告げられ、炎を吹きつけられたような気がした。エリンは震える脚で車を降り、どうにか社交上の笑みを口元に張りつけた。クリストから激しく求められていることは、実のある結婚として健全でいいことだわ、と自分に言い聞かせ、分別を働かせていようと努めた。どうしても、もらったばかりの輝く指輪に見とれてしまうけれど。

クリストと永遠を誓うなんて、まるで天国にいるみたいだとぼんやりした頭で考える。

ついに彼と夫婦として結ばれたのがエリンは信じられなかった。駆け寄ってきた双子をクリストが両腕に抱きあげ、子どもたちが笑い声をあげた。

「クリストはあの子たちととてもうまくやっているわね」開いている玄関から、エリンの母がうれしそうに言った。「あなたが、もっと子どもをつくろうと考えていてくれるといいんだけど」

「すぐには考えていないわ」エリンは率直に答えた。「しばらくは結婚生活に慣れなくてはいけないもの」

「ここ数年のクリストに比べて、ずっと幸せでリラックスしているように見えるね」エリンの横にいたヴァソスが、よかったというようにうなずいた。「似合いの夫婦だよ。二人がいっしょになるべきときに妻が邪魔をしなければよかったと悔やまれる」

「いまとなっては過ぎたことです」エリンは義父を見あげて、明るく言った。

「わたしの会社が危機にさらされているうちはハネムーンに行けない、と息子が言うものだから、言い争いになったんだよ。心配は無用だ」ヴァソスが請けあった。「言って聞かせるよ。二人でハネムーンに行かなくては」

エリンは落ち着かず、唾をのみこんだ。クリストは大不況のギリシアで、父を助けるために苦労しているけれど、父が人に頼りたくないとがんばるため、再建が至難の業だということをエリンは知っていた。「クリストはお父さまをとても心配しています」

「すぐに心配はなくなる」ヴァソスは言い張った。

「いいえ」エリンは声を落として言った。「お父さまの事業が立ちゆかなくなったら、クリストは最悪の失敗だと感じます。どうしてクリストの手を借りないんです?」

「わたしはクリストから金を受けとったことは一度もない」

「でも家族でしょう」

「莫大《ばくだい》な財を持つクリストを息子として迎えることになったとき、決してそれを利用するまいと誓ったんだ」

「事情は変わりました。クリストはもう子どもではなく、大人なんです。あなたのことをとても愛しています。倒産の危機にあるのに、彼を傍観者の立場に置いて何もさせないのは身勝手ではないでしょうか? クリストはきっと深く傷つきます」

ヴァソスは顔をしかめた。

「怒らないでください。お父さまが窮地にあるのに手助けできないクリストがどんな気持ちか、わかっていただきたいんです。逆の立場なら、何があってもクリストを助けたいと思うでしょう?」

「その点は考えてみよう」しばらく黙っていたが、ヴァソスはこわばった顔に苦悶《くもん》の表情を浮かべて答えた。「ずいぶん率直にものを言うね、エリン。だが、クリストのことをよくわかっているようだ」

「そうだと思いたいです」優しくほほ笑み、エリンはほかの招待客に挨拶しに行った。出すぎたことを言ったのでなければいいけれど。義父と話したことを知れば、クリストは腹を立てるだろう。でも彼と父親の交渉は膠着《こうちゃく》状態にあり、クリストのためにははっきり言ったほうがいいと思った。

その日の午後遅く、クリストからそろそろ出ようと言われた。「どこへ行くの？」

「着いてからのお楽しみだ」

「荷造りしていない――」

「必要ない。向こうに新しい服が用意してある。子どもたちのことも心配はいらない。ぼくたちが戻るまで、きみのお母さんがここで面倒を見てくれる。さあ、行こう」

「そんな……いま、すぐに？」エリンは驚いた。「着替えないと――」

「いや、そのドレスはぼくが脱がせたい」期待のこもるセクシーな目で見つめられ、エリンは熱い血に火花が散る思いがした。

ヘリコプターで空港まで行き、用意されていたパスポートを持って、すぐにジェット機で飛び立った。夜明けから起きていたために、エリンはあくびをこらえていたが、エンジンのうなりを聞いているうちに眠りに落ちた。目覚めると、花嫁としてみすぼらしい格好になっていることが気恥ずかしかったが、乱れた髪を整えて化粧を直す時間もほとんどとれないうちに、飛行機は着陸した。

「またイタリアへ連れてきたのね」空港に見覚えがある。エリンは驚いた。「どうしてイタリアに来たの？」

「ここがぼくたちの始まりの地だからだ。あの週末にそんなことは二人ともわかっていなかったが」

屋敷に着くと、エリンはリムジンから降りて、ハイヒールのサンダルのせいで痛みだした足をひきずりながら歩いた。彼の言うことも一理ある。あのとき、エリンの心のなかでクリストへの燃える思いが、またかきたてられたのだ。あの週末は、意外なときに思いも寄らない形で幸せがやってきた、特別な時間だった。

「今週末は、家政婦に休んでもらった」

クリストがエリンを抱きあげ、鍵のあいたドアからなかに入った。

クリストがこんなロマンティックなことをすると思っていなかったエリンは、目を見開き、笑顔で彼を見あげた。金色に輝く褐色の目と目が合い、胸がときめく。手をつないで上階へ行った。いつもはこういうときも冷然としているクリストの思いがけないしぐさを見せられて、くすくす笑いだしてしまいそうだった。寝室の入口でエリンは立ち止まり、豪華に飾りつけられた部屋を眺めた。白い花がたっぷり生けられ、暗がりでキャンドルの炎が揺れている。彼女は驚いてその場に釘《くぎ》づけになった。

「すごいわ。あなたが手配したの？」

た。

「きみにいちばんふさわしいようにしたかった」

胸がいっぱいになり、ようやくエリンは笑顔で部屋に入ると靴を脱ぎ、ほっと息をつい
「やりすぎたかな」クリストはからかい、用意してあったシャンパンの栓を抜いて、金色の泡立つ液体の入った優雅なグラスを差しだした。

エリンはひと口飲んだ。「リサンドラにもこういうことをしたの?」

クリストが顔をしかめた。「なぜリサンドラのことばかりきくんだ?」

「あら、やっぱりしたということ?」エリンはしつこく続けた。

「いや、していない。そんな結婚ではなかったんだ。きみはもうわかっていると思っていたんだが。リサンドラとの結婚は、ぼくたちが別れた反動だったんだ」悲しげに口をゆがめてクリストは言った。「ぼくたちの関係が壊れたところから逃げようとして、ぼくは最大の失敗を犯してしまった」

別れた反動? エリンはそれを聞いてうれしくなった。さらに最初の結婚は失敗だったとクリストが認めたこともうれしかった。別れて数カ月でクリストが妻を迎えたと知ったときの心の傷が慰められる。すぐに彼のそばへ飛んでいき、抱きしめたくなった。いまの告白にリボンを結んで飾りつけ、大笑いしたいけれど、同時に、苦痛も感じた。三年前、エリンは自分で思っている以上に彼から思われていたのに、彼女のせいでもないことで、

クリストを失ってしまったのだ。

「リサンドラを妻として愛していなかったの？」硬い口調でエリンは尋ねた。

「もうそのことははっきりさせたと思うが」

「だったら、どうして結婚したの？」

「きみが信頼できなくなり、誰ともつきあう気になれなかった。だが、結婚したことで家族を喜ばせ、きみ以外に気持ちを向けられるものができた。でも、それが悲劇を生んだんだ」クリストは広い肩を小さくすくめ、しかめた顔でエリンを見た。「今夜は、ぼくたちの結婚初夜だ。いまこの話はしたくない」

〝きみ以外に気持ちを向けられるもの〟とクリストは言った。エリンはいままで信じられなかったことが急に理解できた。二人が別れたとき、クリストもひどく傷つき、苦しんだのだ。あわてて結婚したのは、悲しみが癒やされるかもしれないと思ったからだろう。クリストが用意してくれたエタニティリングや、花とキャンドルであふれる部屋のことをつくづく考えているうちに、エリンの胸に温かさと寛容の気持ちがあふれた。クリストは、あのころきみのことを思っていた、とエリンに伝えようとしている。そんなときにリサンドラの話を持ちだしてほしくないだろう。

「愛している」クリストがかすれた声でささやいた。感覚のなくなったエリンの指からシャンパングラスを受けとってわきに置き、彼女を抱き寄せる。感情が胸いっぱいにあふれ、彼の瞳はキャンドルの光を受けて輝いていた。「別れたとき、ぼくはきみを愛していたのに、自覚していなかった。それ以来、きみに悩まされた。サムや彼のスタッフといっしょに写ったきみの写真を見て、きみにまた会うことしか考えられなくなった。自分に嘘《うそ》をついたよ。ただの体の関係だ、きみとの思い出から立ち直りたいだけだ、とね。だが、あの週末、きみをここに連れてきたとき、ぼくはやはりきみを愛していたんだ。次の朝、きみの隣で目覚め、二度ときみを放したくないと思った」

エリンのアメジスト色の目に涙があふれ、消えそうで消えなかったあの週末に感じた憤りが、たちまち消え去った。この平和に満ちた屋敷でふたたびお互いを見いだし、何年も前に失った絆《きずな》を取り戻した。クリストに愛されている事実は、エリンにとって大きな意味があった。心のなかに幸せな気持ちが広がり、はち切れそうだ。「いっしょにいられたはずの時間をずいぶん失ってしまったわ」エリンはため息をついた。

「だが、ぼくたちはまだ若い。埋め合わせはできる。それに、離れているあいだに、二人とも知らなければならないことを学んだのかもしれない」クリストは思慮深く言った。

「でも、あのまま二人がいっしょにいたとしても、やはりきみと結婚していただろう。ぼくは急いでいなかっただけなんだ」

「そして今回は、ほかにどうすることもできないと諦めたということね」エリンはあとを受けて続けた。

クリストはエリンに後ろを向かせ、ウエディングドレスの背中のファスナーを下げた。

「違う。どうしたらいいか、ぼくはじっくりと考えた。双子の人生にかかわるためにきみといっしょに暮らす必要はない。金銭的に支援すれば、きみが抱える問題はすべて解決する。だけど、結婚を申しこんだのは毎日きみといっしょにいたかったからだ」

決然としたクリストの言葉を聞き、エリンは喜びに目を輝かせてにっこり笑った。彼女は振り向いてクリストに手を貸し、彼のジャケットを脱がせた。「結婚するのは、そうするのがいちばん合理的だとあなたが考えたからだと思いこんでいたわ」

クリストは長い指を曲げてエリンの頬にあて、うめくように言った。「あのプロポーズは用をなさなかったな。ベッドにいるときに結婚を申しこむべきじゃなかった。でも、あれ以上我慢できなかったんだ。妻を失うのは、恋人を失うよりつらい。きみがふたたび、そして永遠にぼくのものになると実感したかったんだ、いとしい人《ペティ・ムー》」

「永遠という言葉の響きはすてきだわ」エリンは彼の言葉をしみじみと味わいながら、レースのドレスを脱ぎ、シルクとレースのブラとショーツ、そしてストッキングと片脚の青いガーターベルトだけの姿になった。

「その下着もすてきだ」クリストがからかった。燃える褐色の目が焼きつくさんばかりに、ほとんど何も身につけていないエリンの体を愛《め》でる。「だが、それを脱いだきみのほうがもっとすてきだ。一週間も禁欲していたから、刺激が強すぎる」

「そうなの?」エリンは眉を上げ、疑念を表に出した。

クリストは笑いながら彼女を抱きあげ、寝心地のいいベッドに下ろした。「きみは魅力的だけど、ぼくたちが家にいるときは別々の部屋を使ったほうが、お母さんが落ち着くみたいだったからね」

「今夜は特別なものにしたかったの」エリンはささやき、あなたはわたしのものよと言いたげに、シャツを着た彼の腕を撫《な》でた。

クリストは体を起こし、すばやくシャツを脱いで、たくましく引き締まった筋肉質の上半身をあらわにした。エリンは彼の胸に手を走らせ、安心感を与えてくれる揺るぎない鼓動を堪能した。「愛していると言うのを忘れていたわ」

「罰として、毎日少なくとも十回、愛していると言ってくれ」クリストが頭を下げ、情熱あふれる長いキスをした。「必要としていたときにぼくがそばにいなかったことを許すには、時間がかかるだろう。しかもぼくは、ほかの女性と結婚したのだから」

エリンはほほ笑んだ。「いいえ。あなたもつらかったことはよくわかっているわ。でも、いままでロマンティックなことはしなかったのに、急にするようになった理由がわからないの。最初の口喧嘩《くちげんか》を覚えている?」

「デートをしていたころ、バレンタインデーを忘れたことがあったね。じつは忘れていなかったんだ。間違った期待をいだかせてはいけないから、センチメンタルなものは避けてきた。それに、きみが恋人になると言ってくれていないのにプレゼントを贈るのは決まり悪かった」

「あのカードは？」エリンはわざと意地悪に言った。「カードを送られたら期待が高まるんじゃないかしら？」

クリストが顔をしかめた。「互いの家族に紹介するようなたぐいのことは、真剣なつきあいのときだけにするべきだと思っていたんだ。ぼくたちがいっしょに過ごしたのは、まだ十一カ月と二十三日で……」

エリンは目を見開いた。「いっしょに過ごした日数を数えていたの？」

「数学が得意だからね」クリストがさらりと答えた。

エリンは感激した。キャンドルがともり花が飾られた寝室を見まわし、それが物語っていることにうれしくなってほほ笑んだ。ついに、センチメンタルなものを受けとれるランクに格上げされたんだわ！　クリストが二度とバレンタインデーを忘れたふりをすることはないだろう。エリンは目を上げ、引き締まった浅黒い端整な顔と、すてきな褐色の目に映っている優しさに魅了された。

「きみがどれほど恋しかったか！」クリストが唐突にささやいた。「あのころ、何かのきっかけできみを思い出すと、はじけるようにイメージが頭のなかにあふれた。そしてきみの仕業だと思っていた、例の事件を思い出し、きみのことをまた考えている自分が腹立たしくてならなかった」

エリンは伸びあがってキスをした。「あのころはもう終わったの。いまはもっと強くてすばらしいものがわたしたちのものになったのよ。これからずっと――」

「永遠に」クリストが決意のこもる声で言いきった。

エリンは目を閉じ、唇を開いて、むさぼるような熱いキスを受けとめた。痛いほどに燃えあがるエネルギーとなって熱いものが体に広がるのを感じながら、エリンは不安などみじんもない欲望と幸せに身を任せた。

二年後、テソス島にクリストの一軒目のスパ・ホテルが完成し、エリンはオープニングパーティを催した。松林に囲まれたひっそりとした海岸に立ち、設備は豪華だが、自然とたわむれることができる、違いのわかる旅行者のためのホテルだった。一度は泊まるべきホテルとして、すでに半年先まで予約が入っている。クリストはまだ到着しておらず、エリンの隣にはヴァソスとアポロニアがいた。

クリストの養父母とエリンの関係は大きく変わっていた。時間とともに、過去の悪い記憶とエリンの恨みは薄れていった。アポロニアは落ち着いて前より強くなり、神経症や、あらゆることに罪の意識を感じる傾向はおさまってきた。彼女は打ち明けた。自分がしたことをクリストに知られ、許してもらえなくなることをもっとも恐れていた、と。抱えこんでいたものを吐きだし、アポロニアは自分の罪と向きあうことになった。そして長い道のりをかけ、エリンや子どもたちと健全な普通の関係を築いてきたのだった。

ヴァソスは、クリストが共同経営者になるならと条件をつけ、ようやく息子から事業を立て直すための融資を受けることにした。そうすることで二人のプライドと信条が守られた。クリストは、エリンがあいだに入ったことで頑固な養父の態度が変わったと大喜びした。

結婚した最初の年、エリンは時間をかけて、夫のホテル帝国のスパの施設を点検してまわった。出張が多く、ジェニーや双子を連れて旅することも何度もあった。エリンの母も頻繁にテソス島を訪れた。二年目になると、エリンは島の新しいスパの仕上げを監督するようになり、地元の人たちとの仕事が増えた。彼女の働きかけで、村に観光客向けの事業がいくつか動きはじめた。

銀色に輝くイブニングガウンを着て、エリンはカメラマンの前でポーズをとり、サムと彼の元秘書のジャニスに手を振った。部屋の向こうで二人がグラスを上げて挨拶を返した。サムは新婚の妻と世界一周クルーズに旅立つ予定だった。エリンは、母のデイドラと話す婚約中の二人にほほ笑んだ。ジャニスのサムに対する心づかいに気づかなかったなんて、わたしはものがよく見えていなかったんだわ、とエリンは思った。ジャニスから離れることで、サムは彼女を別の目で見られるようになった。引退してみると、ジャニスといっしよに働けたことが恋しく、友だちとして近況を語るためにディナーに誘っているうち、ついにサムは二度目の結婚をする気になったのだ。

「ミセス・ドナキス、なんて美しいんだ」頭の上から、深みのある低いものうげな声が聞こえ、我が物顔の手が彼女の腰に触れた。

エリンは振り向いた。「クリスト、いつ戻ったの？」

「三十分前だ。急いでシャワーを浴び、記録的な速さで着替えたよ。だが、もう終わりだ。少なくとも六週間は出張しない」

エリンは飽くことのないまなざしをハンサムな夫に向け、黒い高級ブランドのスーツを着た姿に見とれた。女性カメラマンが、ドアから入ってきたクリストを、まるでごちそうを前にしたように目で追ったが、エリンはクリストのせいで部屋にいる女性のあいだに湧きあがるどよめきには慣れっこになっていて、気にならなかった。ローカンとヌアラを連れてジェニーがやってきた。かわいいパーティドレスを着た愛らしいヌアラは、ドレスを父親によく見せようとスキップし、お辞儀をするみたいに小さな手でスカートをつまんだ。

ローカンはクリストに言われてポケットから手を出し、広間の真ん中に飾られた大きな椰子《やし》の木に登ろうと走っていった。

「ローカン！」クリストが呼び止め、歩いていって身をよじる息子を幹から引き離した。片腕で抱え、何か話しかけてから床に下ろす。

「まったく、ローカンときたら」ヌアラが大人ぶって不愉快そうに目をまわしてみせた。

エリンの母が子どもたちの手を取ると、すぐに双子は祖母にしがみつき、海に連れていってとねだった。

「三人目はどんな子になるんだろう」クリストが、エリンのドレスの下でふくらみはじめたおなかにちらりと目を向けた。

「わたしたちの遺伝子が混じりあっているわね。いいところも悪いところも」

「赤ん坊の誕生が待ちきれない」クリストが心から言った。

温かな愛情がエリンの体に満ちてきた。人前なので、彼に抱きつきたい気持ちをかろうじて抑えた。最初は、もうひとり子どもができたら忙しい生活がどうなるかと思ったが、クリストは双子が赤ん坊のころを見逃しているのだと気がついた。結局、計画より早く妊娠したのだが、支え、関心を向けてくれるクリストがそばにいて、妊娠の経過をいっしょに体験できるのがうれしかった。子どもの超音波画像を初めて見たときの、目に涙を浮かべていたクリストの姿を、エリンは忘れられなかった。

有力者や仕事関係者と語りあいながら夜は更けていった。双子は家に帰りベッドに入れられた。気がつけばいつも、クリストの視線は妻の美しい笑顔に戻っていた。最後に招待客に別れを告げたときには、彼は正直ほっとした。

「きみとはもう離れていたくない」クリストは家まで運転してきた四輪駆動車からエリン

を降ろした。

「わたしから離れていた時間は、いつもの半分の時間にもならないわよ」クリストは階段の下でエリンを抱きあげ、彼女が抗議しても、このまま運んでいくと言い張った。

「きみは足が痛くてたまらないとわかっている」

床に下ろされたエリンは靴を脱ぎ捨て、ドレスの裾を踏まないようにスカートを持ちあげた。「でも、あの靴を履くときれいに見えるわ」

クリストはほほ笑むエリンの頬を優しく両手で包んだ。「美しく見せるために苦しむ必要はない」

「そう言えるのは男の人だけよ。いまも信じられないけれど、あなたは生まれつき眉の形がいいのよね」エリンは嘆いてみせた。「不公平だわ」

「たとえむだ毛処理をしていなくても、きみのことを愛するよ」クリストがかすれた声で言った。

エリンは毛が生えたままの脚でベッドに入るところを想像し、ぞっとした。「よく言うわ」

「きみにどれだけ夢中か伝えて、きみを感動させたくて」クリストは傷ついたようにため息をついたが、目は愉快そうにきらめいている。「挑みがいのある大きな課題だ」

「いいえ。わたしもあなたを愛している。手を加えなくても完璧なその眉も含めて、全部」エリンはクリストに言い、隠しきれない愛情をこめて見つめた。彼はわたしのもの。あらゆる本能がそう告げている。なんてすばらしいの、とエリンは思った。

　クリストが形のいい黒髪の頭を下げ、持てるかぎりの技巧を尽くして優しくキスをする。めくるめく思いに、エリンの膝から力が抜けていく。クリストへの愛がすべてをのみこむ波のようにエリンを浸し、彼を受け入れる幸せと心からの喜びが彼女のなかにあふれていった。

●本書は2013年3月に小社より刊行された作品を文庫化したものです。

秘密のまま別れて
2024年6月1日発行　第1刷

著　者　リン・グレアム

訳　者　森島小百合（もりしま　さゆり）

発行人　鈴木幸辰

発行所　株式会社ハーパーコリンズ・ジャパン
東京都千代田区大手町1-5-1
04-2951-2000（注文）
0570-008091（読者サービス係）

印刷・製本　中央精版印刷株式会社

定価はカバーに表示してあります。

この書籍の本文は環境対応型の植物油インクを使用して印刷しています。 VEGETABLE OIL INK

 ISBN978-4-596-99292-5

5月31日
発売

ハーレクイン・シリーズ 6月5日刊

ハーレクイン・ロマンス

愛の激しさを知る

秘書が薬指についた嘘　マヤ・ブレイク／雪美月志音 訳

名もなきシンデレラの秘密　ケイトリン・クルーズ／児玉みずうみ 訳
《純潔のシンデレラ》

伯爵家の秘密　ミシェル・リード／有沢瞳子 訳
《伝説の名作選》

身代わり花嫁のため息　メイシー・イエーツ／小河紅美 訳
《伝説の名作選》

ハーレクイン・イマージュ

ピュアな思いに満たされる

捨てられた妻は記憶を失い　クリスティン・リマー／川合りりこ 訳

秘密の愛し子と永遠の約束　スーザン・メイアー／飛川あゆみ 訳
《至福の名作選》

ハーレクイン・マスターピース

世界に愛された作家たち
～永久不滅の銘作コレクション～

純愛の城　ペニー・ジョーダン／霜月　桂 訳
《特選ペニー・ジョーダン》

ハーレクイン・ヒストリカル・スペシャル

華やかなりし時代へ誘う

悪役公爵より愛をこめて　クリスティン・メリル／富永佐知子 訳

愛を守る者　スザーン・バークレー／平江まゆみ 訳

ハーレクイン・プレゼンツ作家シリーズ別冊

魅惑のテーマが光る極上セレクション

あなたが気づくまで　アマンダ・ブラウニング／霜月　桂 訳

ハーレクイン文庫

「あなたの子と言えなくて」

マーガレット・ウェイ／槙　由子　訳

7年前、恋人スザンナの父の策略にはめられて町を追放されたニック。今、彼は大富豪となって帰ってきた――スザンナが育てている6歳の娘が、自分の子とも知らずに。

「悪魔に捧げられた花嫁」

ヘレン・ビアンチン／槙　由子　訳

兄の会社を救ってもらう条件として、美貌のギリシア系金融王リックから結婚を求められたリーサ。悩んだすえ応じるや、5年は離婚禁止と言われ、容赦なく唇を奪われた！

「孤独なフィアンセ」

キャロル・モーティマー／岸上つね子　訳

魅惑の社長ジャロッドに片想い中の受付係ブルック。実らぬ恋と思っていたのに、なぜか二人の婚約が報道され、彼の婚約者役を演じることに。二人の仲は急進展して――!?

「三つのお願い」

レベッカ・ウインターズ／吉田洋子　訳

苦学生のサマンサは清掃のアルバイト先で、実業家で大富豪のパーシアスと出逢う。彼は失態を演じた彼女に、昼間だけ彼の新妻を演じれば、夢を3つ叶えてやると言い…。

「無垢な公爵夫人」

シャンテル・ショー／森島小百合　訳

父が職場の銀行で横領を？　赦しを乞いにグレースが頭取の公爵ハビエルを訪ねると、1年間彼の妻になるならという条件を出された。彼女は純潔を捧げる覚悟を決めて…。

「この恋、絶体絶命！」

ダイアナ・パーマー／上木さよ子　訳

12歳年上の上司デインに憧れる秘書のテス。怪我をして彼の家に泊まった夜、純潔を捧げたが、愛ゆえではないと冷たく突き放される。やがて妊娠に気づき…。

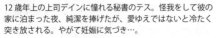